COLLECTION FOLIO

Jean-Paul Sartre

Les mains sales

**PIÈCE
EN SEPT TABLEAUX**

Gallimard

Né le 21 juin 1905 à Paris, Jean-Paul Sartre, avec ses condisciples de l'Ecole normale supérieure, critique très jeune les valeurs et les traditions de sa classe sociale, la bourgeoisie. Il enseigne quelque temps au lycée du Havre, puis poursuit sa formation philosophique à l'Institut français de Berlin. Dès ses premiers textes philosophiques, *L'imagination* (1936), *Esquisse d'une théorie des émotions* (1939), *L'imaginaire* (1940), apparaît l'originalité d'une pensée qui le conduit à l'existentialisme, dont les thèses sont développées dans *L'être et le néant* (1943) et dans *L'existentialisme est un humanisme* (1946).

Sartre s'est surtout fait connaître du grand public par ses récits, nouvelles et romans — *La nausée* (1938), *Le mur* (1939), *Les chemins de la liberté* (1943-1949) — et ses textes de critique littéraire et politique — *Réflexions sur la question juive* (1946), *Baudelaire* (1947), *Saint Genet, comédien et martyr* (1952), *Situations* (1947-1976), *L'Idiot de la famille* (1972). Son théâtre a un plus vaste public encore : *Les mouches* (1943), *Huis clos* (1945), *La putain respectueuse* (1946), *Les mains sales* (1948), *Le diable et le bon dieu* (1951) ; il a pu y développer ses idées en en imprégnant ses personnages.

Soucieux d'aborder les problèmes de son temps, Sartre a mené jusqu'à la fin de sa vie une intense activité politique (participation au Tribunal Russell, refus du prix Nobel de littérature en 1964, direction de *La cause du peuple* puis de *Libération*). Il est mort à Paris le 15 avril 1980.

A Dolorès

Les mains sales *ont été représentées pour la première fois à Paris, le 2 avril 1948, sur la scène du Théâtre Antoine (Simone Berriau, directrice) et avec la distribution suivante :*

HOEDERER	André Luguet
HUGO	François Périer
OLGA	Paula Dehelly
JESSICA	Marie Olivier
LOUIS	Jean Violette
LE PRINCE	Jacques Castelot
SLICK	Roland Bailly
GEORGES	Maurice Regamey
KARSKY	Robert Le Béal
FRANTZ	Maik
CHARLES	Christian Marquand

Mise en scène de Pierre Valde.
Décors d'Émile et Jean Bertin.
Maquettes d'Olga Choumansky.

PREMIER TABLEAU

Chez Olga

Le rez-de-chaussée d'une maisonnette, au bord de la grand-route. A droite, la porte d'entrée et une fenêtre dont les volets sont clos. Au fond, le téléphone sur une commode. A gauche, vers le fond, une porte. Table, chaises. Mobilier hétéroclite et bon marché. On sent que la personne qui vit dans cette pièce est totalement indifférente aux meubles. Sur la gauche, à côté de la porte, une cheminée : au-dessus de la cheminée une glace. Des autos passent de temps en temps sur la route. Trompes. Klaxons.

SCÈNE PREMIÈRE

*Olga, seule, assise devant un poste de T.S.F., manœu-
vre les boutons de la radio. Brouillage, puis une voix assez
distincte.*

SPEAKER

Les armées allemandes battent en retraite sur toute
la largeur du front. Les armées soviétiques se sont
emparées de Kischnar à quarante kilomètres de la
frontière illyrienne. Partout où elles le peuvent les
troupes illyriennes refusent le combat ; de nombreux
transfuges sont déjà passés du côté des Alliés. Illyriens,
nous savons qu'on vous a contraints de prendre les
armes contre l'U.R.S.S., nous connaissons les sentiments profondément démocratiques de la population
illyrienne et nous...

*Olga tourne le bouton, la voix s'arrête. Olga reste
immobile, les yeux fixes. Un temps. On frappe. Elle
sursaute. On frappe encore. Elle va lentement à la
porte. On frappe de nouveau.*

OLGA

Qui est-ce ?

VOIX DE HUGO

Hugo.

OLGA

Qui ?

VOIX DE HUGO

Hugo Barine.

> *Olga a un bref sursaut, puis elle reste immobile devant la porte.*

Tu ne reconnais pas ma voix ? Ouvre, voyons ! Ouvre-moi.

> *Olga va rapidement vers la commode... prend un objet de la main gauche, dans le tiroir, s'entoure la main gauche d'une serviette, va ouvrir la porte, en se rejetant vivement en arrière, pour éviter les surprises. Un grand garçon de 23 ans se tient sur le seuil.*

HUGO

C'est moi.

> *Ils se regardent un moment en silence.*

Ça t'étonne ?

OLGA

C'est ta tête qui m'étonne.

HUGO

Oui. J'ai changé. *(Un temps.)* Tu m'as bien vu ? Bien reconnu ? Pas d'erreur possible ? *(Désignant le revolver caché sous la serviette.)* Alors, tu peux poser ça.

OLGA, *sans poser le revolver.*

Je croyais que tu en avais pour cinq ans.

HUGO

Eh bien, oui : j'en avais pour cinq ans.

OLGA

Entre et ferme la porte.

> *Elle recule d'un pas. Le revolver n'est pas tout à
> fait braqué sur Hugo mais il s'en faut de peu. Hugo
> jette un regard amusé au revolver et tourne lente-
> ment le dos à Olga, puis ferme la porte.*

Évadé ?

HUGO

Évadé ? Je ne suis pas fou. Il a fallu qu'on me pousse
dehors par les épaules. *(Un temps.)* On m'a libéré pour
ma bonne conduite.

OLGA

Tu as faim ?

HUGO

Tu aimerais, hein ?

OLGA

Pourquoi ?

HUGO

C'est si commode de donner : ça tient à distance. Et
puis on a l'air inoffensif quand on mange. *(Un temps.)*
Excuse-moi : je n'ai ni faim ni soif.

OLGA

Il suffisait de dire non.

HUGO

Tu ne te rappelles donc pas : je parlais trop.

OLGA

Je me rappelle.

HUGO, *regarde autour de lui.*

Quel désert ! Tout est là, pourtant. Ma machine à
écrire ?

OLGA

Vendue.

HUGO

Ah ? *(Un temps. Il regarde la pièce.)* C'est vide.

OLGA

Qu'est-ce qui est vide ?

HUGO, *geste circulaire.*

Ça ! Ces meubles ont l'air posés dans un désert. Là-bas, quand j'étendais les bras, je pouvais toucher à la fois les deux murs qui se faisaient face. Rapproche-toi. *(Elle ne se rapproche pas.)* C'est vrai : hors de prison on vit à distance respectueuse. Que d'espace perdu ! C'est drôle d'être libre, ça donne le vertige. Il faudra que je reprenne l'habitude de parler aux gens sans les toucher.

OLGA

Quand t'ont-ils lâché ?

HUGO

Tout à l'heure.

OLGA

Tu es venu ici directement ?

HUGO

Où voulais-tu que j'aille ?

OLGA

Tu n'as parlé à personne ?

Hugo la regarde et se met à rire.

HUGO

Non, Olga. Non. Rassure-toi. A personne.

Olga se détend un peu et le regarde.

OLGA

Ils ne t'ont pas rasé la tête.

HUGO

Non.

OLGA

Mais ils ont coupé ta mèche.

Un temps.

HUGO

Ça te fait plaisir de me revoir ?

OLGA

Je ne sais pas.

Une auto sur la route. Klaxon ; bruit de moteur. Hugo tressaille. L'auto s'éloigne. Olga l'observe froidement.

Si c'est vrai qu'ils t'ont libéré, tu n'as pas besoin d'avoir peur.

HUGO, *ironiquement.*

Tu crois ? *(Il hausse les épaules. Un temps.)* Que devient Louis ?

OLGA

Ça va.

HUGO

Et Laurent ?

OLGA

Il... n'a pas eu de chance.

HUGO

Je m'en doutais. Je ne sais pas pourquoi, j'avais pris l'habitude de penser à lui comme à un mort. Il doit y avoir du changement.

OLGA

C'est devenu beaucoup plus dur depuis que les Allemands sont ici.

HUGO, *avec indifférence.*

C'est vrai. Ils sont ici.

OLGA

Depuis trois mois. Cinq divisions. En principe elles traversaient pour aller en Hongrie. Et puis elles sont restées.

HUGO

Ah ! Ah ! *(Avec intérêt.)* Il y a des nouveaux chez vous ?

OLGA

Beaucoup.

HUGO

Des jeunes ?

OLGA

Pas mal de jeunes. On ne recrute pas tout à fait de la même façon. Il y a des vides à combler : nous sommes... moins stricts.

HUGO

Oui, bien sûr : il faut s'adapter. *(Avec une légère inquiétude.)* Mais pour l'essentiel, c'est la même ligne ?

OLGA, *embarrassée.*

Eh bien... en gros, naturellement.

HUGO

Enfin voilà : vous avez vécu. On s'imagine mal, en prison, que les autres continuent à vivre. Il y a quelqu'un dans ta vie ?

OLGA

De temps en temps. *(Sur un geste d'Hugo.)* Pas en ce moment.

HUGO

Est-ce... que vous parliez de moi quelquefois ?

OLGA, *mentant mal.*

Quelquefois.

HUGO

Ils arrivaient la nuit sur leurs vélos, comme de mon temps, ils s'asseyaient autour de la table, Louis bourrait sa pipe et quelqu'un disait : c'est par une nuit pareille que le petit s'est proposé pour une mission de confiance ?

OLGA

Ça ou autre chose.

HUGO

Et vous disiez : il s'en est bien tiré, il a fait sa besogne proprement et sans compromettre personne.

OLGA

Oui. Oui. Oui.

HUGO

Quelquefois, la pluie me réveillait ; je me disais : ils auront de l'eau ; et puis, avant de me rendormir : c'est peut-être cette nuit-ci qu'ils parleront de moi. C'était ma principale supériorité sur les morts : je pouvais encore penser que vous pensiez à moi. *(Olga lui prend le bras d'un geste involontaire et maladroit. Ils se regardent. Olga lâche le bras d'Hugo. Hugo se raidit un peu.)* Et puis, un jour, vous vous êtes dit : il en a encore pour trois ans et quand il sortira *(Changeant de ton sans quitter Olga des yeux.)* ... quand il sortira on l'abattra comme un chien pour sa récompense.

OLGA, *reculant brusquement.*

Tu es fou ?

HUGO

Allons, Olga ! Allons ! *(Un temps.)* C'est toi qu'ils ont chargée de m'envoyer les chocolats ?

OLGA

Quels chocolats ?

HUGO

Allons, allons !

OLGA, *impérieusement.*

Quels chocolats ?

HUGO

Des chocolats à la liqueur, dans une boîte rose. Pendant six mois un certain Dresch m'a expédié régulièrement des colis. Comme je ne connaissais personne de ce nom, j'ai compris que les colis venaient de vous et ça m'a fait plaisir. Ensuite les envois ont cessé et je me suis dit : ils m'oublient. Et puis, voici trois mois, un paquet est arrivé, du même expéditeur, avec des chocolats et des cigarettes. J'ai fumé les cigarettes et mon voisin de cellule a mangé les chocolats. Le pauvre type s'en est très mal trouvé. Très mal. Alors j'ai pensé : ils ne m'oublient pas.

OLGA

Après ?

HUGO

C'est tout.

OLGA

Hoederer avait des amis qui ne doivent pas te porter dans leur cœur.

HUGO

Ils n'auraient pas attendu deux ans pour me le faire savoir. Non, Olga, j'ai eu tout le temps de réfléchir à cette histoire et je n'ai trouvé qu'une seule explication : au début le Parti pensait que j'étais encore utilisable et puis il a changé d'avis.

OLGA, *sans dureté.*

Tu parles trop, Hugo. Toujours trop. Tu as besoin de parler pour te sentir vivre.

HUGO

Je ne te le fais pas dire : je parle trop, j'en sais trop long, et vous n'avez jamais eu confiance en moi. Il n'y a pas besoin de chercher plus loin. *(Un temps.)* Je ne vous en veux pas, tu sais. Toute cette histoire était mal commencée.

OLGA

Hugo, regarde-moi. Tu penses ce que tu dis ? *(Elle le regarde.)* Oui, tu le penses. *(Violemment.)* Alors, pourquoi es-tu venu chez moi ? Pourquoi ? Pourquoi ?

HUGO

Parce que *toi* tu ne pourras pas tirer sur moi. *(Il regarde le revolver qu'elle tient encore et sourit.)* Du moins je le suppose.

> *Olga jette avec humeur le revolver entouré de son chiffon sur la table.*

Tu vois.

OLGA

Écoute, Hugo : je ne crois pas un mot de ce que tu m'as raconté et je n'ai pas reçu d'ordre à ton sujet. Mais si jamais j'en reçois, tu dois savoir que je ferai ce qu'on me commandera. Et si quelqu'un du Parti m'interroge, je leur dirai que tu es ici, même si l'on devait te descendre sous mes yeux. As-tu de l'argent ?

HUGO

Non.

OLGA

Je vais t'en donner et tu t'en iras.

HUGO

Où ? Traîner dans les petites rues du port ou sur les docks ? L'eau est froide, Olga. Ici, quoi qu'il arrive, il y a de la lumière et il fait chaud. Ce sera une fin plus confortable.

OLGA

Hugo, je ferai ce que le Parti me commandera. Je te jure que je ferai ce qu'il me commandera.

HUGO

Tu vois bien que c'est vrai.

OLGA

Va-t'en.

HUGO

Non. *(Imitant Olga.)* « Je ferai ce que le Parti me commandera. » Tu auras des surprises. Avec la meilleure volonté du monde, ce qu'on fait, ce n'est jamais ce que le Parti vous commande. « Tu iras chez Hoederer et tu lui lâcheras trois balles dans le ventre. » Voilà un ordre simple, n'est-ce pas ? J'ai été chez Hoederer et je lui ai lâché trois balles dans le ventre. Mais c'était autre chose. L'ordre ? Il n'y avait plus d'ordre. Ça vous laisse tout seul les ordres, à partir d'un certain moment. L'ordre est resté en arrière et je m'avançais seul et j'ai tué tout seul et... je ne sais même plus pourquoi. Je voudrais que le Parti te commande de tirer sur moi. Pour voir. Rien que pour voir.

OLGA

Tu verrais. *(Un temps.)* Qu'est ce que tu vas faire à présent ?

HUGO

Je ne sais pas. Je n'y ai pas pensé. Quand ils ont ouvert la porte de la prison j'ai pensé que je viendrais ici et je suis venu.

OLGA

Où est Jessica ?

HUGO

Chez son père. Elle m'a écrit quelquefois, les premiers temps. Je crois qu'elle ne porte plus mon nom.

OLGA

Où veux-tu que je te loge ? Il vient tous les jours des camarades. Ils entrent comme ils veulent.

HUGO

Dans ta chambre aussi ?

OLGA

Non.

HUGO

Moi, j'y entrais. Il y avait une courtepointe rouge sur le divan, aux murs un papier à losanges jaunes et verts, deux photos dont une de moi.

OLGA

C'est un inventaire ?

HUGO

Non : je me souviens. J'y pensais souvent. La seconde photo m'a donné du fil à retordre : je ne sais plus de qui elle était.

> *Une auto passe sur la route, il sursaute. Ils se taisent tous les deux. L'auto s'arrête. Claquement de portière. On frappe.*

OLGA

Qui est là ?

VOIX DE CHARLES

C'est Charles.

HUGO, *à voix basse.*

Qui est Charles ?

OLGA, *même jeu.*

Un type de chez nous.

HUGO, *la regardant.*

Alors ?

Un temps très court. Charles frappe à nouveau.

OLGA

Eh bien ? Qu'est-ce que tu attends ? Va dans ma chambre : tu pourras compléter tes souvenirs.

Hugo sort. Olga va ouvrir.

SCÈNE II

OLGA, CHARLES et FRANTZ

CHARLES

Où est-il ?

OLGA

Qui ?

CHARLES

Ce type. On le suit depuis sa sortie de taule. *(Bref silence.)* Il n'est pas là ?

OLGA

Si. Il est là.

CHARLES

Où ?

OLGA

Là.

Elle désigne sa chambre.

CHARLES

Bon.

> *Il fait signe à Frantz de le suivre, met la main dans la poche de son veston et fait un pas en avant. Olga lui barre la route.*

OLGA

Non.

CHARLES

Ça ne sera pas long, Olga. Si tu veux, va faire un tour sur la route. Quand tu reviendras tu ne trouveras plus personne et pas de traces. *(Désignant Frantz.)* Le petit est là pour nettoyer.

OLGA

Non.

CHARLES

Laisse-moi faire mon boulot, Olga.

OLGA

C'est Louis qui t'envoie ?

CHARLES

Oui.

OLGA

Où est-il ?

CHARLES

Dans la voiture.

OLGA

Va le chercher. *(Charles hésite.)* Allons ! Je te dis d'aller le chercher.

> *Charles fait un signe et Frantz disparaît. Olga et Charles restent face à face, en silence. Olga, sans*

*quitter Frantz des yeux, ramasse sur la table la
serviette enveloppant le revolver.*

SCÈNE III

OLGA, CHARLES, FRANTZ, LOUIS

LOUIS

Qu'est-ce qui te prend ? Pourquoi les empêches-tu de
faire leur travail ?

OLGA

Vous êtes trop pressés.

LOUIS

Trop pressés ?

OLGA

Renvoie-les.

LOUIS

Attendez-moi dehors. Si j'appelle, vous viendrez. *(Ils
sortent.)* Alors ? Qu'est-ce que tu as à me dire.

Un temps.

OLGA, *doucement.*

Louis, il a travaillé pour nous.

LOUIS

Ne fais pas l'enfant, Olga. Ce type est dangereux. Il
ne faut pas qu'il parle.

OLGA

Il ne parlera pas.

LOUIS

Lui ? C'est le plus sacré bavard...

OLGA

Il ne parlera pas.

LOUIS

Je me demande si tu le vois comme il est. Tu as toujours eu un faible pour lui.

OLGA

Et toi un faible contre lui. *(Un temps.)* Louis, je ne t'ai pas fait venir pour que nous parlions de nos faiblesses ; je te parle dans l'intérêt du Parti. Nous avons perdu beaucoup de monde depuis que les Allemands sont ici. Nous ne pouvons pas nous permettre de liquider ce garçon sans même examiner s'il est récupérable.

LOUIS

Récupérable ? C'était un petit anarchiste indiscipliné, un intellectuel qui ne pensait qu'à prendre des attitudes, un bourgeois qui travaillait quand ça lui chantait et qui laissait tomber le travail pour un oui, pour un non.

OLGA

C'est aussi le type qui, à vingt ans, a descendu Hoederer au milieu de ses gardes du corps et s'est arrangé pour camoufler un assassinat politique en crime passionnel.

LOUIS

Était-ce un assassinat politique ? C'est une histoire qui n'a jamais été éclaircie.

OLGA

Eh bien, justement : c'est une histoire qu'il faut éclaircir à présent.

LOUIS

C'est une histoire qui pue ; je ne voudrais pas y toucher. Et puis, de toute façon, je n'ai pas le temps de lui faire passer un examen.

OLGA

Moi, j'ai le temps. *(Geste de Louis.)* Louis, j'ai peur que tu ne mettes trop de sentiment dans cette affaire.

LOUIS

Olga, j'ai peur que tu n'en mettes beaucoup trop, toi aussi.

OLGA

M'as-tu jamais vue céder aux sentiments ? Je ne te demande pas de lui laisser la vie sans conditions. Je me moque de sa vie. Je dis seulement qu'avant de le supprimer on doit examiner si le Parti peut le reprendre.

LOUIS

Le Parti ne peut plus le reprendre : plus maintenant. Tu le sais bien.

OLGA

Il travaillait sous un faux nom et personne ne le connaissait sauf Laurent, qui est mort, et Dresden qui est au front. Tu as peur qu'il ne parle ? Bien encadré, il ne parlera pas. C'est un intellectuel et un anarchiste ? Oui, mais c'est aussi un désespéré. Bien dirigé, il peut servir d'homme de main pour toutes les besognes. Il l'a prouvé.

LOUIS

Alors ? Qu'est-ce que tu proposes ?

OLGA

Quelle heure est-il ?

LOUIS

Neuf heures.

OLGA

Revenez à minuit. Je saurai pourquoi il a tiré sur Hoederer, et ce qu'il est devenu aujourd'hui. Si je juge en conscience qu'il peut travailler avec nous, je vous le dirai à travers la porte, vous le laisserez dormir tranquille et vous lui donnerez vos instructions demain matin.

LOUIS

Et s'il n'est pas récupérable ?

OLGA

Je vous ouvrirai la porte.

LOUIS

Gros risque pour peu de chose.

OLGA

Quel risque ? Il y a des hommes autour de la maison ?

LOUIS

Quatre.

OLGA

Qu'ils restent en faction jusqu'à minuit. *(Louis ne bouge pas.)* Louis, il a travaillé pour nous. Il faut lui laisser sa chance.

LOUIS

Bon. Rendez-vous à minuit.

Il sort.

SCÈNE IV

OLGA, puis HUGO

Olga va à la porte et l'ouvre. Hugo sort.

HUGO

C'était ta sœur.

OLGA

Quoi ?

HUGO

La photo sur le mur. C'était celle de ta sœur. *(Un temps.)* Ma photo à moi, tu l'as ôtée. *(Olga ne répond pas. Il la regarde.)* Tu fais une drôle de tête. Qu'est-ce qu'ils voulaient ?

OLGA

Ils te cherchent.

HUGO

Ah ! Tu leur as dit que j'étais ici ?

OLGA

Oui.

HUGO

Bon.

Il va pour sortir.

OLGA

La nuit est claire et il y a des camarades autour de la maison.

HUGO

Ah ? *(Il s'assied à la table.)* Donne-moi à manger.

Olga va chercher une assiette, du pain et du jambon. Pendant qu'elle dispose l'assiette et les aliments sur la table, devant lui, il parle :

HUGO

Je ne me suis pas trompé, pour ta chambre. Pas une fois. Tout est comme dans mon souvenir. *(Un temps.)* Seulement quand j'étais en taule, je me disais : c'est un souvenir. La vraie chambre est là-bas, de l'autre côté du mur. Je suis entré, j'ai regardé ta chambre et elle n'avait pas l'air plus vraie que mon souvenir. La cellule aussi, c'était un rêve. Et les yeux d'Hoederer, le jour où j'ai tiré sur lui. Tu crois que j'ai une chance de me réveiller ? Peut-être quand tes copains viendront sur moi avec leurs joujoux...

OLGA

Ils ne te toucheront pas tant que tu seras ici.

HUGO

Tu as obtenu ça ? *(Il se verse un verre de vin.)* Il faudra bien que je finisse par sortir.

OLGA

Attends. Tu as une nuit. Beaucoup de choses peuvent arriver en une nuit.

HUGO

Que veux-tu qu'il arrive ?

OLGA

Des choses peuvent changer.

HUGO

Quoi ?

OLGA

Toi. Moi.

HUGO

Toi ?

OLGA

Ça dépend de toi.

HUGO

Il s'agit que je te change ?

Il rit, la regarde, se lève et vient vers elle. Elle s'écarte vivement.

OLGA

Pas comme ça. Comme ça, on ne me change que quand je veux bien.

Un temps. Hugo hausse les épaules et se rassied. Il commence à manger.

HUGO

Alors ?

OLGA

Pourquoi ne reviens-tu pas avec nous ?

HUGO, *se mettant à rire.*

Tu choisis bien ton moment pour me demander ça.

OLGA

Mais si c'était possible ? Si toute cette histoire reposait sur un malentendu ? Tu ne t'es jamais demandé ce que tu ferais, à ta sortie de prison ?

HUGO

Je n'y pensais pas.

OLGA

A quoi pensais-tu ?

HUGO

A ce que j'ai fait. J'essayais de comprendre pourquoi je l'avais fait.

OLGA

As-tu fini par comprendre ? *(Hugo hausse les épaules.)*
Comment est-ce arrivé, avec Hoederer ? C'est vrai qu'il
tournait autour de Jessica ?

HUGO

Oui.

OLGA

C'est par jalousie... que

HUGO

Je ne sais pas. Je... ne crois pas

OLGA

Raconte.

HUGO

Quoi ?

OLGA

Tout. Depuis le début.

HUGO

Raconte, ça ne sera pas difficile : c'est une histoire
que je connais par cœur ; je me la répétais tous les
jours en prison. Quant à dire ce qu'elle signifie, c'est
une autre affaire. C'est une histoire idiote, comme
toutes les histoires. Si tu la regardes de loin, elle se
tient à peu près ; mais si tu te rapproches, tout fout le
camp. Un acte ça va trop vite. Il sort de toi brusquement et tu ne sais pas si c'est parce que tu l'as voulu ou
parce que tu n'as pas pu le retenir. Le fait est que j'ai
tiré...

OLGA

Commence par le commencement.

HUGO

Le commencement, tu le connais aussi bien que moi.
D'ailleurs, est-ce qu'il y en a un ? On peut commencer

l'histoire en mars 43 quand Louis m'a convoqué. Ou bien un an plus tôt quand je suis entré au Parti. Ou peut-être plus tôt encore, à ma naissance. Enfin bon. Supposons que tout a commencé en mars 1943.

Pendant qu'il parle l'obscurité se fait peu à peu sur la scène.

DEUXIÈME TABLEAU

Même décor, deux ans plus tôt, chez Olga. C'est la nuit. Par la porte du fond, côté cour, on entend un bruit de voix, une rumeur qui tantôt monte et tantôt s'évanouit comme si plusieurs personnes parlaient avec animation.

SCÈNE PREMIÈRE

HUGO, IVAN

Hugo tape à la machine. Il paraît beaucoup plus jeune que dans la scène précédente. Ivan se promène de long en large.

IVAN

Dis !

HUGO

Eh ?

IVAN

Tu ne pourrais pas t'arrêter de taper ?

HUGO

Pourquoi ?

IVAN

Ça m'énerve.

HUGO

Tu n'as pourtant pas l'air d'un petit nerveux.

IVAN

Ben non. Mais en ce moment ça m'énerve. Tu peux pas me causer ?

HUGO, *avec empressement.*

Moi, je ne demande pas mieux. Comment t'appelles-tu ?

IVAN

Dans la clandestinité, je suis Ivan. Et toi ?

HUGO

Raskolnikoff.

IVAN, *riant.*

Tu parles d'un nom.

HUGO

C'est mon nom dans le Parti.

IVAN

Où c'est que tu l'as pêché ?

HUGO

C'est un type dans un roman.

IVAN

Qu'est-ce qu'il fait ?

HUGO

Il tue.

IVAN

Ah ! Et tu as tué, toi ?

HUGO

Non. *(Un temps.)* Qui est-ce qui t'a envoyé ici ?

IVAN

C'est Louis.

HUGO

Et qu'est-ce que tu dois faire ?

IVAN

Attendre qu'il soit dix heures.

HUGO

Et après ?

Geste d'Ivan pour indiquer que Hugo ne doit pas l'interroger. Rumeur qui vient de la pièce voisine. On dirait une dispute.

IVAN

Qu'est-ce qu'ils fabriquent les gars, là-dedans ?

Geste de Hugo qui imite celui d'Ivan, plus haut, pour indiquer qu'on ne doit pas l'interroger.

HUGO

Tu vois : ce qu'il y a d'embêtant, c'est que la conversation ne peut pas aller bien loin.

Un temps

IVAN

Il y a longtemps que tu es au Parti ?

HUGO

Depuis 42 ; ça fait un an. J'y suis entré quand le Régent a déclaré la guerre à l'U.R.S.S. Et toi ?

IVAN

Je ne me rappelle même plus. Je crois bien que j'y ai toujours été. *(Un temps.)* C'est toi qui fais le journal ?

HUGO

Moi et d'autres.

IVAN

Il me passe souvent par les pattes mais je ne le lis pas. C'est pas votre faute mais vos nouvelles sont en

retard de huit jours sur la B.B.C. ou la Radio Sovié-
tique.

HUGO

Où veux-tu qu'on les prenne, les nouvelles ? On est
comme vous, on les écoute à la Radio.

IVAN

Je ne dis pas. Tu fais ton boulot, il n'y a rien à te
reprocher. *(Un temps.)* Quelle heure est-il ?

HUGO

Dix heures moins cinq.

IVAN

Oui.

Il bâille.

HUGO

Qu'est-ce que tu as ?

IVAN

Rien.

HUGO

Tu ne te sens pas bien ?

IVAN

Si. Ça va.

HUGO

Tu n'as pas l'air à ton aise.

IVAN

Ça va, je te dis. Je suis toujours comme ça avant.

HUGO

Avant quoi ?

IVAN

Avant rien. *(Un temps.)* Quand je serai sur mon vélo, ça ira mieux. *(Un temps.)* Je me sens trop doux. Je ne ferais pas de mal à une mouche.

> *Il bâille. Entre Olga, par la porte d'entrée.*

SCÈNE II

LES MÊMES, OLGA

Elle pose une valise près de la porte.

OLGA, *à Ivan.*

Voilà. Tu pourras la fixer sur ton porte-bagages ?

IVAN

Montre. Oui. Très bien.

OLGA

Il est dix heures. Tu peux filer. On t'a dit pour le barrage et la maison.

IVAN

Oui.

OLGA

Alors bonne chance.

IVAN

Parle pas de malheur. *(Un temps.)* Tu m'embrasses ?

OLGA

Bien sûr.

> *Elle l'embrasse sur les deux joues.*

IVAN, *il va prendre la valise et se retourne au moment de sortir, avec une emphase comique.*

Au revoir, Raskolnikoff.

HUGO, *en souriant.*

Va au diable.

Ivan sort.

SCÈNE III

HUGO, OLGA

OLGA

Tu n'aurais pas dû lui dire d'aller au diable.

HUGO

Pourquoi?

OLGA

Ce ne sont pas des choses qu'on dit.

HUGO, *étonné.*

Toi, Olga, tu es superstitieuse?

OLGA, *agacée.*

Mais non.

Hugo la regarde attentivement.

HUGO

Qu'est-ce qu'il va faire?

OLGA

Tu n'as pas besoin de le savoir.

HUGO

Il va faire sauter le pont de Korsk?

OLGA

Pourquoi veux-tu que je te le dise ? En cas de coup dur, moins tu en sauras, mieux ça vaudra.

HUGO

Mais tu le sais, toi, ce qu'il va faire ?

OLGA, *haussant les épaules.*

Oh ! moi...

HUGO

Bien sûr : toi, tu tiendras ta langue. Tu es comme Louis : ils te tueraient sans que tu parles. *(Un bref silence.)* Qui vous prouve que je parlerais ? Comment pourrez-vous me faire confiance si vous ne me mettez pas à l'épreuve ?

OLGA

Le Parti n'est pas une école du soir. Nous ne cherchons pas à t'éprouver mais à t'employer selon ta compétence.

HUGO, *désignant la machine à écrire.*

Et ma compétence, c'est ça ?

OLGA

Saurais-tu déboulonner des rails ?

HUGO

Non.

OLGA

Alors ? *(Un silence. Hugo se regarde dans la glace.)* Tu te trouves beau ?

HUGO

Je regarde si je ressemble à mon père. *(Un temps.)* Avec des moustaches, ce serait frappant.

OLGA, *haussant les épaules.*

Après ?

HUGO

Je n'aime pas mon père.

OLGA

On le sait.

HUGO

Il m'a dit : « Moi aussi, dans mon temps, j'ai fait partie d'un groupe révolutionnaire ; j'écrivais dans leur journal. Ça te passera comme ça m'a passé... »

OLGA

Pourquoi me racontes-tu ça ?

HUGO

Pour rien. J'y pense chaque fois que je me regarde dans une glace. C'est tout.

OLGA, *désignant la porte de la salle de réunion.*

Louis est là-dedans ?

HUGO

Oui.

OLGA

Et Hoederer ?

HUGO

Je ne le connais pas, mais je suppose. Qui est-ce au juste ?

OLGA

C'était un député du Landstag avant la dissolution. A présent il est secrétaire du Parti. Hoederer ça n'est pas son vrai nom.

HUGO

Quel est son vrai nom ?

OLGA

Je t'ai déjà dit que tu étais trop curieux.

HUGO

Ça crie fort. Ils ont l'air de se bagarrer.

OLGA

Hoederer a réuni le comité pour le faire voter sur une proposition.

HUGO

Quelle proposition ?

OLGA

Je ne sais pas. Je sais seulement que Louis est contre.

HUGO, *souriant.*

Alors, s'il est contre, je suis contre aussi. Pas besoin de savoir de quoi il s'agit. *(Un temps.)* Olga, il faut que tu m'aides.

OLGA

A quoi ?

HUGO

A convaincre Louis qu'il me fasse faire de l'action directe. J'en ai assez d'écrire pendant que les copains se font tuer.

OLGA

Tu cours des risques, toi aussi.

HUGO

Pas les mêmes. *(Un temps.)* Olga, je n'ai pas envie de vivre.

OLGA

Vraiment ? Pourquoi ?

HUGO, *geste.*

Trop difficile.

OLGA

Tu es marié, pourtant.

HUGO

Bah !

OLGA

Tu aimes ta femme.

HUGO

Oui. Bien sûr. *(Un temps.)* Un type qui n'a pas envie de vivre, ça doit pouvoir servir, si on sait l'utiliser. *(Un temps. Cris et rumeurs qui viennent de la salle de réunion.)* Ça va mal, là-dedans.

OLGA, *inquiète.*

Très mal.

SCÈNE IV

LES MÊMES, LOUIS

La porte s'ouvre. Louis sort avec deux autres hommes qui passent rapidement, ouvrent la porte d'entrée et sortent.

LOUIS

C'est fini.

OLGA

Hoederer ?

LOUIS

Il est parti par-derrière avec Boris et Lucas.

OLGA

Alors ?

LOUIS, *hausse les épaules sans répondre. Un temps. Puis :*

Les salauds !

OLGA

Vous avez voté ?

LOUIS

Oui. *(Un temps.)* Il est autorisé à engager les pourparlers. Quand il reviendra avec des offres précises, il emportera le morceau.

OLGA

A quand la prochaine réunion ?

LOUIS

Dans dix jours. Ça nous donne toujours une semaine. *(Olga lui désigne Hugo.)* Quoi ? Ah ! oui... Tu es encore là, toi ? *(Il le regarde et reprend distraitement :)* Tu es encore là... *(Hugo fait un geste pour s'en aller.)* Reste. J'ai peut-être du travail pour toi. *(A Olga.)* Tu le connais mieux que moi. Qu'est-ce qu'il vaut ?

OLGA

Ça peut aller.

LOUIS

Il ne risque pas de se dégonfler ?

OLGA

Sûrement pas. Ce serait plutôt...

LOUIS

Quoi ?

OLGA

Rien. Ça peut aller.

LOUIS

Bon. *(Un temps.)* Ivan est parti ?

OLGA

Il y a un quart d'heure.

LOUIS

Nous sommes aux premières loges : on entendra l'explosion d'ici. *(Un temps. Il revient vers Hugo.)* Il paraît que tu veux *agir ?*

HUGO

Oui.

LOUIS

Pourquoi ?

HUGO

Comme ça.

LOUIS

Parfait. Seulement tu ne sais rien faire de tes dix doigts.

HUGO

En effet. Je ne sais rien faire.

LOUIS

Alors ?

HUGO

En Russie, à la fin de l'autre siècle, il y avait des types qui se plaçaient sur le passage d'un grand-duc avec une bombe dans leur poche. La bombe éclatait, le grand-duc sautait et le type aussi. Je peux faire ça.

LOUIS

C'étaient vraiment des anars. Tu en rêves parce que tu es comme eux : un intellectuel anarchiste. Tu as cinquante ans de retard : le terrorisme, c'est fini.

HUGO

Alors je suis un incapable.

LOUIS

Dans ce domaine-là, oui.

HUGO

N'en parlons plus.

LOUIS

Attends. *(Un temps.)* Je vais peut-être te trouver quelque chose à faire.

HUGO

Du *vrai* travail ?

LOUIS

Pourquoi pas ?

HUGO

Et tu me ferais *vraiment* confiance ?

LOUIS

Ça dépend de toi.

HUGO

Louis, je ferai n'importe quoi.

LOUIS

Nous allons voir. Assieds-toi. *(Un temps.)* Voilà la situation : d'un côté le gouvernement fasciste du Régent qui a aligné sa politique sur celle de l'Axe ; de l'autre notre Parti qui se bat pour la démocratie, pour la liberté, pour une société sans classes. Entre les deux, le Pentagone qui groupe clandestinement les bourgeois libéraux et nationalistes. Trois groupes d'intérêts inconciliables, trois groupes d'hommes qui se haïssent. *(Un temps.)* Hoederer nous a réunis ce soir parce qu'il veut que le Parti Prolétarien s'associe aux fascistes et au Pentagone pour partager le pouvoir avec eux, après la guerre. Qu'en penses-tu ?

HUGO, *souriant.*

Tu te moques de moi.

LOUIS

Pourquoi ?

HUGO

Parce que c'est idiot.

LOUIS

C'est pourtant ça qu'on vient de discuter ici pendant trois heures.

HUGO, *ahuri.*

Enfin... C'est comme si tu me disais qu'Olga nous a tous dénoncés à la police et que le Parti lui a voté des félicitations.

LOUIS

Que ferais-tu si la majorité s'était déclarée en faveur de ce rapprochement ?

HUGO

Tu me le demandes sérieusement ?

LOUIS

Oui.

HUGO

J'ai quitté ma famille et ma classe, le jour où j'ai compris ce que c'était que l'oppression. En aucun cas, je n'accepterais de compromis avec elle.

LOUIS

Mais si les choses en étaient venues là ?

HUGO

Alors, je prendrais un pétard et j'irais descendre un flic sur la Place Royale ou avec un peu de chance un milicien. Et puis j'attendrais à côté du cadavre pour voir ce qui m'arriverait. *(Un temps.)* Mais c'est une blague.

LOUIS

Le comité a accepté la proposition de Hoederer par quatre voix contre trois. Dans la semaine qui vient, Hoederer rencontrera les émissaires du Régent.

HUGO

Est-ce qu'il est vendu ?

LOUIS

Je ne sais pas et je m'en fous. Objectivement, c'est un traître ; ça me suffit.

HUGO

Mais, Louis..., enfin, je ne sais pas, moi, c'est... c'est absurde : le Régent nous hait, il nous traque, il combat contre l'U.R.S.S. aux côtés de l'Allemagne, il a fait fusiller des gens de chez nous : comment peut-il... ?

LOUIS

Le Régent ne croit plus à la victoire de l'Axe : il veut sauver sa peau. Si les Alliés gagnent, il veut pouvoir dire qu'il jouait double jeu.

HUGO

Mais les copains...

LOUIS

Tout le P.A.C. que je représente est contre Hoederer. Seulement, tu sais ce que c'est : le Parti Prolétarien est né de la fusion du P.A.C. et des sociaux-démocrates. Les sociaux-démocrates ont voté pour Hoederer et ils ont la majorité.

HUGO

Pourquoi ont-ils... ?

LOUIS

Parce qu'Hoederer leur fait peur...

HUGO

Est-ce que nous ne pouvons pas les lâcher ?

LOUIS

Une scission ? Impossible. *(Un temps.)* Tu es avec nous, petit ?

HUGO

Olga et toi vous m'avez tout appris et je vous dois tout. Pour moi, le Parti, c'est vous.

LOUIS, *à Olga.*

Il pense ce qu'il dit ?

OLGA

Oui.

LOUIS

Bon. *(A Hugo.)* Tu comprends bien la situation : nous ne pouvons ni nous en aller ni l'emporter au comité. Mais il s'agit uniquement d'une manœuvre de Hoederer. Sans Hoederer, nous mettons les autres dans notre poche. *(Un temps.)* Hoederer a demandé mardi dernier au Parti de lui fournir un secrétaire. Un étudiant. Marié.

HUGO

Pourquoi, marié ?

LOUIS

Je ne sais pas. Tu es marié ?

HUGO

Oui.

LOUIS

Alors ? Tu es d'accord ?

Ils se regardent un moment.

HUGO, *avec force.*

Oui.

LOUIS

Très bien. Tu partiras demain avec ta femme. Il habite à vingt kilomètres d'ici, dans une maison de campagne qu'un ami lui a prêtée. Il vit avec trois costauds qui sont là en cas de coup dur. Tu n'auras qu'à le surveiller ; nous établirons une liaison dès ton arrivée. Il ne faut pas qu'il rencontre les envoyés du Régent. Ou, en tout cas, il ne faut pas qu'il les rencontre deux fois, tu m'as compris ?

HUGO

Oui.

LOUIS

Le soir que nous te dirons, tu ouvriras la porte à trois camarades qui achèveront la besogne ; il y aura une auto sur la route et tu fileras avec ta femme pendant ce temps-là.

HUGO

Oh ! Louis.

LOUIS

Quoi ?

HUGO

C'est donc ça ? Ce n'est que ça ? Voilà ce dont tu me juges capable ?

LOUIS

Tu n'es pas d'accord ?

HUGO

Non. Pas du tout : je ne veux pas faire le mouton. On a des manières, nous autres. Un intellectuel anarchiste n'accepte pas n'importe quelle besogne.

OLGA

Hugo !

HUGO

Mais voici ce que je vous propose : pas besoin de liaison, ni d'espionnage. Je ferai l'affaire moi-même.

LOUIS

Toi ?

HUGO

Moi.

LOUIS

C'est du travail trop dur pour un amateur.

HUGO

Vos trois tueurs, ils rencontreront peut-être les gardes du corps de Hoederer ; ils risquent de se faire descendre. Moi, si je suis son secrétaire et si je gagne sa confiance, je serai seul avec lui plusieurs heures par jour.

LOUIS, *hésitant.*

Je ne...

OLGA

Louis !

LOUIS

Eh ?

OLGA, *doucement.*

Fais-lui confiance. C'est un petit gars qui cherche sa chance. Il ira jusqu'au bout.

LOUIS

Tu réponds de lui ?

OLGA

Entièrement.

LOUIS

Bon. Alors écoute...

Explosion sourde dans le lointain.

OLGA

Il a réussi.

LOUIS

Éteins ! Hugo, ouvre la fenêtre !

Il éteint et ouvre la fenêtre. Au fond la lueur rouge d'un incendie.

OLGA

Ça brûle, là-bas. Ça brûle. Tout un incendie. Il a réussi.

Ils sont tous à la fenêtre.

HUGO

Il a réussi. Avant la fin de la semaine, vous serez ici, tous les deux, par une nuit pareille, et vous attendrez les nouvelles ; et vous serez inquiets et vous parlerez de moi et je compterai pour vous. Et vous vous demanderez : qu'est-ce qu'il fait ? Et puis il y aura un coup de téléphone ou bien quelqu'un frappera à la porte et vous vous sourirez comme vous faites à présent et vous direz : « Il a réussi. »

Rideau.

TROISIÈME TABLEAU

Un pavillon. Un lit, armoires, fauteuils, chaises. Des vêtements de femme sur toutes les chaises, des valises ouvertes sur le lit.

SCÈNE PREMIÈRE

JESSICA, HUGO

Jessica emménage. Elle va regarder à la fenêtre. Revient. Va à une valise fermée qui est dans un coin (initiales H. B.), la tire sur le devant de la scène, va jeter un coup d'œil à la fenêtre, va chercher un complet d'homme perdu dans un placard, fouille dans les poches, sort une clef, ouvre la valise, fouille hâtivement, va regarder à la fenêtre, revient, fouille, trouve quelque chose qu'elle regarde, dos tourné au public, nouveau coup d'œil à la fenêtre. Elle tressaille, ferme rapidement la valise, remet la clef dans le veston et cache, sous le matelas, les objets qu'elle tient à la main.

Hugo entre.

HUGO

Il n'en finissait pas. Tu as trouvé le temps long?

JESSICA

Horriblement.

HUGO

Qu'as-tu fait?

JESSICA

J'ai dormi.

HUGO

On ne trouve pas le temps long quand on dort.

JESSICA

J'ai rêvé que je trouvais le temps long, ça m'a réveillée et j'ai défait les valises. Qu'est-ce que tu penses de l'installation?

> *Elle désigne le pêle-mêle des vêtements sur le lit et les chaises.*

HUGO

Je ne sais pas. Elle est provisoire.

JESSICA, *fermement.*

Définitive

HUGO

Très bien.

JESSICA

Comment est-il?

HUGO

Qui?

JESSICA

Hoederer?

HUGO

Hoederer? Comme tout le monde.

JESSICA

Quel âge a-t-il?

HUGO

Entre deux âges.

JESSICA

Entre lesquels ?

HUGO

Vingt et soixante.

JESSICA

Grand ou petit ?

HUGO

Moyen.

JESSICA

Signe distinctif ?

HUGO

Une grande balafre, une perruque et un œil de verre.

JESSICA

Quelle horreur !

HUGO

C'est pas vrai. Il n'a pas de signes distinctifs.

JESSICA

Tu fais le malin mais tu serais bien incapable de me le décrire.

HUGO

Bien sûr que si, j'en serais capable.

JESSICA

Non, tu n'en serais pas capable.

HUGO

Si.

JESSICA

Non. Quelle est la couleur de ses yeux ?

HUGO

Gris.

JESSICA

Ma pauvre abeille, tu crois que tous les yeux sont gris.
Il y en a des bleus, des marrons, des verts et des noirs.
Il y en a même des mauves. Quelle est la couleur des
miens ? *(Elle se cache les yeux avec sa main.)* Ne regarde
pas.

HUGO

Ce sont deux pavillons de soie, deux jardins anda-
lous, deux poissons de lune.

JESSICA

Je te demande leur couleur.

HUGO

Bleu.

JESSICA

Tu as regardé.

HUGO

Non, mais tu me l'as dit ce matin.

JESSICA

Idiot. *(Elle vient sur lui.)* Hugo, réfléchis bien : est-ce
qu'il a une moustache ?

HUGO

Non. *(Un temps. Fermement.)* Je suis sûr que non.

JESSICA, *tristement.*

Je voudrais pouvoir te croire.

HUGO, *réfléchit puis se lance.*

Il avait une cravate à pois.

JESSICA

A pois ?

HUGO

A pois.

JESSICA

Bah ?

HUGO

Le genre... *(Il fait le geste de nouer une lavallière.)* Tu sais.

JESSICA

Tu t'es trahi, tu t'es livré ! Tout le temps qu'il te parlait, tu as regardé sa cravate. Hugo, il t'a intimidé.

HUGO

Mais non !

JESSICA

Il t'a intimidé !

HUGO

Il n'est pas intimidant.

JESSICA

Alors pourquoi regardais-tu sa cravate ?

HUGO

Pour ne pas l'intimider.

JESSICA

C'est bon. Moi je le regarderai et quand tu voudras savoir comment il est fait, tu n'auras qu'à me le demander. Qu'est-ce qu'il t'a dit ?

HUGO

Je lui ai dit que mon père était vice-président des Charbonnières de Tosk et que je l'avais quitté pour entrer au Parti.

JESSICA

Qu'est-ce qu'il t'a répondu ?

HUGO

Que c'était bien.

JESSICA

Et après ?

HUGO

Je ne lui ai pas caché que j'avais mon doctorat mais je lui ai bien fait comprendre que je n'étais pas un intellectuel et que je ne rougissais pas de faire un travail de copiste et que je mettais mon point d'honneur dans l'obéissance et la discipline la plus stricte.

JESSICA

Et qu'est-ce qu'il t'a répondu ?

HUGO

Que c'était bien.

JESSICA

Et ça vous a pris deux heures.

HUGO

Il y a eu les silences.

JESSICA

Tu es de ces gens qui vous racontent toujours ce qu'ils disent aux autres et jamais ce que les autres leur ont répondu.

HUGO

C'est parce que je pense que tu t'intéresses plus à moi qu'aux autres.

JESSICA

Bien sûr, mon abeille. Mais toi, je t'ai. Les autres, je ne les ai pas.

HUGO

Tu veux avoir Hoederer ?

JESSICA

Je veux avoir tout le monde.

HUGO

Hum ! Il est vulgaire.

JESSICA

Comment le sais-tu puisque tu ne l'as pas regardé ?

HUGO

Il faut être vulgaire pour porter une cravate à pois.

JESSICA

Les impératrices grecques couchaient avec des généraux barbares.

HUGO

Il n'y avait pas d'impératrice en Grèce.

JESSICA

A Byzance il y en avait.

HUGO

A Byzance il y avait des généraux barbares et des impératrices grecques mais on ne dit pas ce qu'ils faisaient ensemble.

JESSICA

Qu'est-ce qu'ils pouvaient faire d'autre ? *(Un léger silence.)* Il t'a demandé comment j'étais ?

HUGO

Non.

JESSICA

D'ailleurs tu n'aurais pas pu lui répondre : tu n'en sais rien. Il n'a rien dit d'autre sur moi ?

HUGO

Rien.

JESSICA

Il manque de manières.

HUGO

Tu vois. D'ailleurs il est trop tard pour t'intéresser à lui.

JESSICA

Pourquoi ?

HUGO

Tu tiendras ta langue ?

JESSICA

A deux mains.

HUGO

Il va mourir.

JESSICA

Il est malade ?

HUGO

Non, mais il va être assassiné. Comme tous les hommes politiques.

JESSICA

Ah ! *(Un temps.)* Et toi, petite abeille, es-tu un homme politique ?

HUGO

Certainement.

JESSICA

Et qu'est-ce que doit faire la veuve d'un homme politique ?

HUGO

Elle entre dans le parti de son mari et elle achève son œuvre.

JESSICA

Seigneur ! J'aimerais beaucoup mieux me tuer sur ta tombe.

HUGO

Ça ne se fait plus qu'à Malabar.

JESSICA

Alors, écoute ce que je ferais : j'irais trouver tes assassins un à un, je les ferais brûler d'amour et quand ils croiraient enfin pouvoir consoler ma langueur hautaine et désolée je leur plongerais un couteau dans le cœur.

HUGO

Qu'est-ce qui t'amuserait le plus ? Les tuer ou les séduire ?

JESSICA

Tu es bête et vulgaire.

HUGO

Je croyais que tu aimais les hommes vulgaires. *(Jessica ne répond pas.)* On joue ou on ne joue pas ?

JESSICA

On ne joue plus. Laisse-moi défaire mes valises.

HUGO

Va ! Va !

JESSICA

Il ne reste plus que la tienne. Donne-moi la clef.

HUGO

Je te l'ai donnée.

JESSICA, *désignant la valise qu'elle a ouverte au début du tableau.*

Pas celle-là.

HUGO

Celle-là, je la déferai moi-même.

JESSICA

Ce n'est pas ton affaire, ma petite âme.

HUGO

Depuis quand est-ce la tienne ? Tu veux jouer à la
femme d'intérieur ?

JESSICA

Tu joues bien au révolutionnaire.

HUGO

Les révolutionnaires n'ont pas besoin de femmes
d'intérieur : ils leur coupent la tête.

JESSICA

Ils préfèrent les louves aux cheveux noirs, comme
Olga.

HUGO

Tu es jalouse ?

JESSICA

Je voudrais bien. Je n'y ai jamais joué. On y joue ?

HUGO

Si tu veux.

JESSICA

Bon. Alors donne-moi la clef de cette valise.

HUGO

Jamais !

JESSICA

Qu'est-ce qu'il y a dans cette valise ?

HUGO

Un secret honteux.

JESSICA

Quel secret ?

HUGO

Je ne suis pas le fils de mon père.

JESSICA

Comme ça te ferait plaisir, mon abeille. Mais ce n'est pas possible : tu lui ressembles trop.

HUGO

Ce n'est pas vrai ! Jessica. Tu trouves que je lui ressemble ?

JESSICA

On joue ou on ne joue pas ?

HUGO

On joue.

JESSICA

Alors, ouvre cette valise.

HUGO

J'ai juré de ne pas l'ouvrir.

JESSICA

Elle est bourrée de lettres de la louve ! ou de photos peut-être ? Ouvre !

HUGO

Non.

JESSICA

Ouvre. Ouvre.

HUGO

Non et non.

JESSICA

Tu joues ?

HUGO

Oui.

JESSICA

Alors, pouce : je ne joue plus. Ouvre la valise.

HUGO

Pouce cassé : je ne l'ouvrirai pas.

JESSICA

Ça m'est égal, je sais ce qu'il y a dedans.

HUGO

Qu'est-ce qu'il y a ?

JESSICA

Il y a... il y a... *(Elle passe la main sous le matelas, puis met les deux mains derrière son dos et brandit des photos.)* Ça !

HUGO

Jessica !

JESSICA, *triomphante.*

J'ai trouvé la clef dans ton costume bleu, je sais quelle est ta maîtresse, ta princesse, ton impératrice. Ça n'est pas moi, ça n'est pas la louve, c'est toi, mon chéri, c'est toi-même. Douze photos de toi dans ta valise.

HUGO

Rends-moi ces photos.

JESSICA

Douze photos de ta jeunesse rêveuse. A trois ans, à six ans, à huit, à dix, à douze, à seize. Tu les as emportées quand ton père t'a chassé, elles te suivent partout : comme il faut que tu t'aimes.

HUGO

Jessica, je ne joue plus.

JESSICA

A six ans tu portais un col dur, ça devait racler ton cou de poulet, et puis tout un habit de velours avec une lavallière. Quel beau petit homme, quel enfant sage ! Ce sont les enfants sages, Madame, qui font les révolutionnaires les plus terribles. Ils ne disent rien, ils ne se cachent pas sous la table, ils ne mangent qu'un bonbon à la fois, mais plus tard ils le font payer cher à la société. Méfiez-vous des enfants sages !

Hugo qui fait semblant de se résigner saute brusquement sur elle.

HUGO

Tu me les rendras, sorcière ! Tu vas me les rendre.

JESSICA

Lâche-moi ! *(Il la renverse sur le lit.)* Attention ; tu vas nous faire tuer.

HUGO

Rends-les.

JESSICA

Je te dis que le revolver va partir ! *(Hugo se relève, elle montre le revolver qu'elle a tenu derrière son dos.)* Il y avait aussi ça dans la valise.

HUGO

Donne.

Il le lui prend, va fouiller dans son costume bleu, prend la clef, revient à la valise, l'ouvre, ramasse les photos et les met avec le revolver dans la valise. Un temps.

JESSICA

Qu'est-ce que c'est que ce revolver ?

HUGO

J'en ai toujours un avec moi.

JESSICA

C'est pas vrai. Tu n'en avais pas avant de venir ici. Et tu n'avais pas non plus cette valise. Tu les as achetées en même temps. Pourquoi as-tu ce revolver ?

HUGO

Tu veux le savoir ?

JESSICA

Oui, mais réponds-moi sérieusement. Tu n'as pas le droit de me tenir en dehors de ta vie.

HUGO

Tu n'en parleras à personne ?

JESSICA

A personne au monde.

HUGO

C'est pour tuer Hoederer.

JESSICA

Tu es assommant, Hugo. Je te dis que je ne joue plus.

HUGO

Ha ! Ha ! Est-ce que je joue ? Est-ce que je suis sérieux ? Mystère... Jessica, tu seras la femme d'un assassin !

JESSICA

Mais tu ne pourras jamais, ma pauvre petite abeille ; veux-tu que je le tue à ta place ? J'irai m'offrir à lui et je...

HUGO

Merci et puis tu le manqueras ! J'agirai moi-même.

JESSICA

Mais pourquoi veux-tu le tuer ? Un homme que tu ne connais pas.

HUGO

Pour que ma femme me prenne au sérieux. Est-ce que tu me prendras au sérieux ?

JESSICA

Moi ? Je t'admirerai, je te cacherai, je te nourrirai, je te distrairai dans ta cachette et quand nous aurons été dénoncés par les voisins, je me jetterai sur toi malgré les gendarmes et je te prendrai dans mes bras en te criant : je t'aime...

HUGO

Dis-le-moi à présent.

JESSICA

Quoi ?

HUGO

Que tu m'aimes.

JESSICA

Je t'aime.

HUGO

Dis-le-moi pour de vrai.

JESSICA

Je t'aime.

HUGO

Ce n'est pas vrai.

JESSICA

Mais qu'est-ce qui te prend ? Tu joues ?

HUGO

Non. Je ne joue pas.

JESSICA

Pourquoi me demandes-tu ça ? Ce n'est pas dans tes habitudes.

HUGO

Je ne sais pas. J'ai envie de penser que tu m'aimes.
C'est bien mon droit. Allons, dis-le. Dis-le *bien*.

JESSICA

Je t'aime. Je t'aime. Non : Je t'aime. Ah! va au
diable. Comment le dis-tu toi ?

HUGO

Je t'aime.

JESSICA

Tu vois : tu ne sais pas mieux que moi.

HUGO

Jessica, tu ne crois pas ce que je t'ai dit.

JESSICA

Que tu m'aimais ?

HUGO

Que j allais tuer Hoederer.

JESSICA

Naturellement, je le crois.

HUGO

Fais un effort, Jessica. Sois sérieuse.

JESSICA

Pourquoi faut-il que je sois sérieuse ?

HUGO

Parce qu'on ne peut pas jouer tout le temps.

JESSICA

Je n'aime pas le sérieux, mais on va s'arranger : je
vais jouer à être sérieuse.

HUGO

Regarde-moi dans les yeux. Sans rire. Écoute : pour Hoederer, c'est vrai. C'est le Parti qui m'envoie.

JESSICA

Je n'en doute pas. Pourquoi ne me l'as-tu pas dit plus tôt ?

HUGO

Peut-être tu aurais refusé de m'accompagner.

JESSICA

Pourquoi ? Ce sont des affaires d'homme, ça ne me regarde pas.

HUGO

C'est une drôle de besogne, tu sais... Le type a l'air coriace.

JESSICA

Eh bien, nous allons le chloroformer et l'attacher à la gueule d'un canon.

HUGO

Jessica ! Je suis sérieux.

JESSICA

Moi aussi.

HUGO

Toi, tu joues à être sérieuse. Tu me l'as dit.

JESSICA

Non, c'est toi.

HUGO

Il faut me croire, je t'en supplie.

JESSICA

Je te croirai si tu crois que je suis sérieuse.

HUGO

Bon. Eh bien, je te crois.

JESSICA

Non. Tu joues à me croire.

HUGO

Nous n'en sortirons pas. *(On frappe à la porte.)* Entrez !

> *Jessica se place devant la valise, dos tourné au public pendant qu'il va ouvrir.*

SCÈNE II

SLICK, GEORGES, HUGO, JESSICA

Slick et Georges entrent, souriants. Mitraillettes et ceinturon avec revolvers. Un silence.

GEORGES

C'est nous.

HUGO

Oui ?

GEORGES

On venait voir si vous n'aviez pas besoin d'un coup de main.

HUGO

Un coup de main pour quoi faire ?

SLICK

Pour emménager.

JESSICA

Vous êtes bien gentils mais je n'ai besoin de personne.

GEORGES, *désignant les vêtements de femme épars sur les meubles.*

Tout ça faut le plier.

SLICK

Ça irait plus vite si on s'y mettait tous les quatre.

JESSICA

Vous croyez?

SLICK, *il a pris une combinaison sur un dossier de chaise et la tient à bout de bras.*

Ça se plie par le milieu, non? Et puis on rabat les côtés?

JESSICA

Oui? Eh bien, je vous verrais plutôt vous spécialiser dans le travail de force.

GEORGES

Touche pas, Slick. Ça va te donner des idées. Excusez-le, Madame : nous n'avons pas vu de femmes depuis six mois.

SLICK

On ne savait même plus comment c'était bâti.

Ils la regardent.

JESSICA

Ça vous revient?

GEORGES

Peu à peu.

JESSICA

Il n'y en a donc pas, au village?

SLICK

Il y en a, mais on ne sort pas.

GEORGES

L'ancien secrétaire sautait le mur toutes les nuits,
total qu'on l'a retrouvé un matin la tête dans une mare.
Alors le vieux a décidé que le suivant serait marié pour
avoir sa suffisance à domicile.

JESSICA

C'était très délicat de sa part.

SLICK

Seulement, nous, c'est pas dans ses idées qu'on ait
notre suffisance.

JESSICA

Tiens ? Pourquoi ?

GEORGES

Il dit qu'il veut qu'on soit des bêtes sauvages.

HUGO

Ce sont les gardes du corps de Hoederer.

JESSICA

Figure-toi que je l'avais deviné.

SLICK, *désignant sa mitraillette.*

A cause de ça ?

JESSICA

A cause de ça aussi.

GEORGES

Faudrait pas nous prendre pour des professionnels,
hein ? Moi, je suis plombier. On fait un petit extra,
parce que le Parti nous l'a demandé.

SLICK

Vous n'avez pas peur de nous?

JESSICA

Au contraire; seulement j'aimerais *(Désignant mitraillettes et revolvers.)* que vous vous débarrassiez de votre panoplie. Posez ça dans un coin.

GEORGES

Impossible.

SLICK

Défendu.

JESSICA

Est-ce que vous vous en séparez pour dormir?

GEORGES

Non, Madame.

JESSICA

Non?

SLICK

Non.

HUGO

Ils sont à cheval sur le règlement. Quand je suis entré chez Hoederer, ils me poussaient avec le canon de leurs mitraillettes.

GEORGES, *riant.*

Voilà comme nous sommes.

SLICK, *riant.*

S'il avait bronché, vous seriez veuve.

Tout le monde rit.

JESSICA

Il a donc bien peur, votre patron?

SLICK

Il n'a pas peur mais il ne veut pas qu'on le tue.

JESSICA

Pourquoi le tuerait-on ?

SLICK

Pourquoi, je ne sais pas. Mais ce qui est sûr c'est qu'on veut le tuer. Ses copains sont venus l'avertir, il y a tantôt quinze jours.

JESSICA

Comme c'est intéressant.

SLICK

Faut monter la garde, c'est tout. Oh! vous en reviendrez. Ce n'est même pas spectaculaire.

> *Pendant la réplique de Slick, Georges fait un tour dans la pièce d'un air faussement négligent. Il va au placard ouvert et en sort le costume de Hugo.*

GEORGES

Hé, Slick! Vise-moi s'il est bien loqué !

SLICK

Ça fait partie de son métier. Un secrétaire, tu le regardes pendant qu'il écrit ce que tu causes, faut qu'il te plaise, sans ça tu perds le fil de tes idées.

> *Georges palpe le costume en feignant de le brosser.*

GEORGES

Méfiez-vous des placards, les murs sont cracra.

> *Il va remettre le costume dans le placard puis revient près de Slick. Jessica et Hugo se regardent.*

JESSICA, *prenant son parti.*

Eh bien... asseyez-vous.

SLICK

Non. Non. Merci.

GEORGES

Ça va comme ça.

JESSICA

Nous ne pouvons rien vous offrir à boire.

SLICK

N'importe comment nous ne buvons pas dans le
service.

HUGO

Et vous êtes en service ?

GEORGES

Nous sommes *toujours* en service.

HUGO

Ah ?

SLICK

Je vous dis, faut être des saints pour faire ce sacré
métier.

HUGO

Moi, je ne suis pas encore en service. Je suis chez
moi, avec ma femme. Asseyons-nous, Jessica.

> *Ils s'asseyent tous deux.*

SLICK, *allant à la fenêtre.*

Belle vue.

GEORGES

C'est joli chez eux.

SLICK

Et calme.

GEORGES

T'as vu le lit s'il est grand... il y en a pour trois.

SLICK

Pour quatre : des jeunes mariés ça se blottit.

GEORGES

Toute cette place perdue, quand il y en a qui couchent par terre.

SLICK

Tais-toi, je vais en rêver cette nuit.

JESSICA

Vous n'avez pas de lit ?

SLICK, *égayé.*

Georges !

GEORGES, *riant.*

Oui.

SLICK

Elle demande si on a un lit.

GEORGES, *désignant Slick.*

Il dort sur le tapis du bureau, moi dans le couloir, devant la chambre du vieux.

JESSICA

Et c'est dur ?

GEORGES

Ça serait dur pour votre mari, parce qu'il a l'air délicat. Nous autres on s'y est fait. L'ennui, c'est qu'on n'a pas de pièce où se tenir. Le jardin n'est pas sain, alors on passe la journée dans le vestibule.

Il se baisse et regarde sous le lit.

HUGO

Qu'est-ce que vous regardez ?

GEORGES

Des fois qu'il y aurait des rats.

Il se relève.

HUGO

Il n'y en a pas ?

GEORGES

Non.

HUGO

Tant mieux.

Un temps.

JESSICA

Et vous l'avez laissé tout seul votre patron ? Vous n'avez pas peur qu'il lui arrive malheur si vous restez trop longtemps absents ?

SLICK

Il y a Léon qui est resté là-bas. *(Désignant l'appareil téléphonique.)* Et puis, s'il y avait du pet, il peut toujours nous appeler.

Un temps. Hugo se lève, pâle d'énervement. Jessica se lève aussi.

HUGO

Ils sont sympathiques, hein ?

JESSICA

Exquis.

HUGO

Et tu as vu comme ils sont bâtis ?

JESSICA

Des armoires! Ah! vous allez faire un trio d'amis.
Mon mari adore les tueurs. Il aurait voulu en être un.

SLICK

Il n'est pas taillé pour. Il est fait pour être secrétaire.

HUGO

On s'entendra bien, allez! Moi, je serai le cerveau,
Jessica les yeux, vous les muscles. Tâte les muscles,
Jessica! *(Il les tâte.)* Du fer. Tâte.

JESSICA

Mais monsieur Georges n'en a peut-être pas envie.

GEORGES, *raide.*

Ça m'est égal.

HUGO

Tu vois; il est enchanté. Allons, tâte, Jessica, tâte.
(Jessica tâte.) Du fer, hein?

JESSICA

De l'acier.

HUGO

On se tutoie, nous trois, hein?

SLICK

Si tu veux, mon petit gars!

JESSICA

C'est tellement aimable à vous d'être venus nous
voir.

SLICK

Tout le plaisir est pour nous, hein, Georges?

GEORGES

On est heureux d'avoir vu votre bonheur.

JESSICA

Ça vous fera un sujet de conversation dans votre vestibule.

SLICK

Bien sûr et puis la nuit on se dira : « Ils sont au chaud, il tient sa petite femme dans ses bras. »

GEORGES

Ça nous rendra courage.

HUGO, *va à la porte et l'ouvre.*

Revenez quand vous voudrez vous êtes chez vous.

Slick s'en va tranquillement à la porte et la referme.

SLICK

On s'en va. On s'en va tout de suite. Le temps d'une petite formalité.

HUGO

Quelle formalité ?

SLICK

Fouiller la chambre.

HUGO

Non.

GEORGES

Non ?

HUGO

Vous ne fouillerez rien du tout.

SLICK

Te fatigue pas, petite tête, on a des ordres.

HUGO

Des ordres de qui ?

SLICK

De Hoederer.

HUGO

Hoederer vous a donné l'ordre de fouiller ma chambre ?

GEORGES

Voyons, mon petit pote, fais pas l'idiot. Je te dis qu'on nous a prévenus : il va y avoir du baroud un de ces jours. Alors tu penses comme on va te laisser entrer ici sans regarder tes poches. Tu pourrais balader des grenades ou n'importe quelle pétoire quoique j'aie dans l'idée que tu n'es pas doué pour le tir au pigeon.

HUGO

Je vous demande si Hoederer vous a nommément chargé de fouiller dans mes affaires.

SLICK

Nommément.

GEORGES

Nommément.

SLICK, *à Georges.*

Personne n'entre ici sans qu'on le fouille. C'est la règle. Voilà tout.

HUGO

Et moi vous ne me fouillerez pas. Ce sera l'exception. Voilà tout.

GEORGES

Tu n'es pas du Parti ?

HUGO

Si.

GEORGES

Alors qu'est-ce qu'on t'a appris là-bas? Tu ne sais pas ce que c'est qu'une consigne?

HUGO

Je le sais aussi bien que vous.

SLICK

Et quand on te donne une consigne, tu ne sais pas que tu dois la respecter?

HUGO

Je le sais.

SLICK

Eh bien?

HUGO

Je respecte les consignes mais je me respecte aussi moi-même et je n'obéis pas aux ordres idiots qui sont faits exprès pour me ridiculiser.

SLICK

Tu l'entends. Dis, Georges, est-ce que tu te respectes?

GEORGES

Je crois pas. Ça se saurait. Et toi Slick?

SLICK

T'es pas fou? T'as pas le droit de te respecter si t'es pas au moins secrétaire.

HUGO

Pauvres idiots! Si je suis entré au Parti, c'est pour que tous les hommes, secrétaires ou non, en aient un jour le droit.

GEORGES

Fais-le taire, Slick, ou je vais pleurer. Nous, mon petit pote, si on y est entré c'est qu'on en avait marre de crever de faim.

SLICK

Et pour que tous les gars dans notre genre aient un jour de quoi bouffer.

GEORGES

Ah! Slick, assez de salades. Ouvre ça pour commencer.

HUGO

Tu n'y toucheras pas.

SLICK

Non, mon petit pote? Et comment que tu feras pour m'en empêcher?

HUGO

Je n'essaierai pas de lutter contre un rouleau compresseur, mais si seulement tu poses ta patte dessus, nous quittons la villa ce soir et Hoederer pourra se chercher un autre secrétaire.

GEORGES

Oh! dis, tu m'intimides! Un secrétaire comme toi, j'en fais un tous les jours.

HUGO

Eh bien, fouille, si tu n'as pas peur, fouille donc!

Georges se gratte le crâne. Jessica, qui est restée très calme pendant toute cette scène, vient vers eux.

JESSICA

Pourquoi ne pas téléphoner à Hoederer?

SLICK

A Hoederer?

JESSICA

Il vous mettra d'accord.

Georges et Slick se consultent du regard.

GEORGES

Peut se faire. *(Il va à l'appareil, sonne et décroche.)*
Allô, Léon ? Va dire au Vieux que le petit poteau ne
veut pas se laisser faire. Quoi ? Oh ! des boniments.
(Revenant vers Slick.) Il est parti pour voir le Vieux.

SLICK

D'accord. Seulement je vais te dire, Georges. Moi, je
l'aime bien, Hoederer, mais si ça lui chantait de faire
une exception pour ce gosse de riches, alors qu'on a
foutu à poil jusqu'au facteur, eh bien je lui rends mon
tablier.

GEORGES

Je suis d'accord. Il y passera ou c'est nous qu'on s'en
va.

SLICK

Parce que ça se peut que je me respecte pas, mais j'ai
ma fierté comme les autres.

HUGO

Ça se peut bien, mon grand camarade ; mais quand
se serait Hoederer lui-même qui donnerait l'ordre de
fouille, je quitterais cette maison cinq minutes après.

GEORGES

Slick !

SLICK

Oui ?

GEORGES

Tu ne trouves pas que Monsieur a une gueule
d'aristocrate ?

HUGO

Jessica !

JESSICA

Oui ?

HUGO

Tu ne trouves pas que ces Messieurs ont des gueules de cognes ?

SLICK, *marche sur lui et lui met la main sur l'épaule.*

Fais gaffe, mon petit gars ; parce que si c'est qu'on est des cognes, des fois on pourrait se mettre à cogner !

Entre Hoederer.

SCÈNE III

LES MÊMES, HOEDERER

HOEDERER

Pourquoi me dérange-t-on ?

Slick fait un pas en arrière.

SLICK

Il ne veut pas qu'on le fouille.

HOEDERER

Non ?

HUGO

Si vous leur permettez de me fouiller, je m'en vais. C'est tout.

HOEDERER

Bon.

GEORGES

Et si tu nous en empêches, c'est nous qu'on s'en va.

HOEDERER

Asseyez-vous. *(Ils s'asseyent de mauvaise grâce.)* A propos, Hugo, tu peux me tutoyer. Ici, tout le monde se tutoie.

> *Il prend un slip et une paire de bas sur le dossier du fauteuil et se dispose à les porter sur le lit.*

JESSICA

Vous permettez ?

> *Elle les lui prend des mains et les roule en boule, puis sans bouger de place, elle les jette sur le lit.*

HOEDERER

Comment t'appelles-tu ?

JESSICA

Les femmes aussi vous les tutoyez ?

HOEDERER

Oui.

JESSICA

Je m'y ferai. Je m'appelle Jessica.

HOEDERER, *la regardant toujours.*

Je croyais que tu serais laide.

JESSICA

Je suis désolée.

HOEDERER, *la regardant toujours.*

Oui. C'est regrettable.

JESSICA

Faut-il que je me rase la tête ?

HOEDERER, *sans cesser de la regarder.*

Non. *(Il s'éloigne un peu d'elle.)* C'est à cause de toi qu'ils voulaient en venir aux mains ?

JESSICA

Pas encore.

HOEDERER

Que ça n'arrive jamais. *(Il s'assied dans le fauteuil.)*
La fouille, c'est sans importance.

SLICK

Nous...

HOEDERER

Sans aucune importance. Nous en reparlerons. *(A
Slick.)* Qu'est-ce qu'il y a eu ? Qu'est-ce que vous lui
reprochez ? Il est trop bien habillé ? Il parle comme un
livre ?

SLICK

Question de peau.

HOEDERER

Pas de ça ici. Les peaux, on les laisse au vestiaire. *(Il
les regarde.)* Mes enfants, vous êtes mal partis. *(A Hugo.)*
Toi, tu fais l'insolent parce que tu es le plus faible. *(A
Slick et à Georges.)* Vous, vous avez vos gueules des
mauvais jours. Vous avez commencé par le regarder de
travers. Demain vous lui ferez des farces et la semaine
prochaine, quand j'aurai besoin de lui dicter une lettre,
vous viendrez me dire qu'on l'a repêché dans l'étang.

HUGO

Pas si je peux l'empêcher...

HOEDERER

Tu ne peux rien empêcher. Ne te crispe pas, mon
petit. Il ne faut pas que les choses en arrivent là, voilà
tout. Quatre hommes qui vivent ensemble, ça s'aime
ou ça se massacre. Vous allez me faire le plaisir de vous
aimer.

GEORGES, *avec dignité.*

Les sentiments ne se commandent pas.

HOEDERER, *avec force.*

Ils se commandent. Ils se commandent quand on est en service, entre types du même parti.

GEORGES

On n'est pas du même parti.

HOEDERER, *à Hugo.*

Tu n'es pas de chez nous ?

HUGO

Si.

HOEDERER

Alors ?

SLICK

On est peut-être du même parti mais on n'y est pas entré pour les mêmes raisons.

HOEDERER

On y entre toujours pour la même raison.

SLICK

Tu permets ! Lui, c'était pour apprendre aux pauvres gens le respect qu'ils se doivent.

HOEDERER

Bah ?

GEORGES

C'est ce qu'il a dit.

HUGO

Et vous, vous n'y êtes entrés que pour bouffer à votre faim. C'est ce que vous avez dit.

HOEDERER

Eh bien ? Vous êtes d'accord.

SLICK

Pardon ?

HOEDERER

Slick ! Tu ne m'as pas raconté que tu avais honte
d'avoir faim ? *(Il se penche vers Slick et attend une
réponse qui ne vient pas.)* Et que ça te faisait rager parce
que tu ne pouvais penser à rien d'autre ? Et qu'un
garçon de vingt ans a mieux à faire qu'à s'occuper tout
le temps de son estomac ?

SLICK

Tu n'avais pas besoin de parler de ça devant lui.

HOEDERER

Tu ne me l'as pas raconté ?

SLICK

Qu'est-ce que ça prouve ?

HOEDERER

Ça prouve que tu voulais ta bouffe et un petit
quelque chose en plus. Lui, il appelle ça le respect de
soi-même. Il faut le laisser dire. Chacun peut employer
les mots qu'il veut.

SLICK

Ça n'était pas du respect. Ça me ferait bien mal
qu'on appelle ça du respect. Il emploie les mots qu'il
trouve dans sa tête ; il pense tout avec sa tête.

HUGO

Avec quoi veux-tu que je pense ?

SLICK

Quand on la saute, mon pote, c'est pas avec sa tête,
qu'on pense. C'est vrai que je voulais que ça cesse, bon
Dieu oui. Rien qu'un moment, un petit moment, pour
pouvoir m'intéresser à autre chose. A n'importe quoi
d'autre que moi. Mais c'était pas du respect de moi-

même. Tu n'as jamais eu faim et tu es venu chez nous pour nous faire la morale comme les dames visiteuses qui montaient chez ma mère quand elle était saoule pour lui dire qu'elle ne se respectait pas.

HUGO

C'est faux.

GEORGES

Tu as eu faim, toi ? Je crois que tu avais plutôt besoin de prendre de l'exercice avant les repas pour te mettre en appétit.

HUGO

Pour une fois, tu as raison, mon grand camarade : l'appétit je ne sais pas ce que c'est. Si tu avais vu les phosphatines de mon enfance, j'en laissais la moitié : quel gaspillage ! Alors on m'ouvrait la bouche, on me disait : une cuillerée pour papa, une cuillerée pour maman, une cuillerée pour la tante Anna. Et on m'enfonçait la cuiller jusqu'au fond de la gorge. Et je grandissais, figure-toi. Mais je ne grossissais pas. C'est le moment où on m'a fait boire du sang frais aux abattoirs, parce que j'étais pâlot : du coup je n'ai plus touché à la viande. Mon père disait chaque soir : « Cet enfant n'a pas faim... » Chaque soir, tu vois ça d'ici : « Mange, Hugo, mange. Tu vas te rendre malade. » On m'a fait prendre de l'huile de foie de morue ; ça c'est le comble du luxe : une drogue pour te *donner faim* pendant que les autres, dans la rue, se seraient vendus pour un bifteck, je les voyais passer de ma fenêtre avec leur pancarte : « Donnez-nous du pain. » Et j'allais m'asseoir à table. Mange, Hugo, mange. Une cuillerée pour le gardien qui est en chômage, une cuillerée pour la vieille qui ramasse les épluchures dans la poubelle, une cuillerée pour la famille du charpentier qui s'est cassé la jambe. J'ai quitté la maison. Je suis entré au Parti et c'était pour entendre la même chanson : « Tu n'as jamais eu faim, Hugo, de quoi que tu te mêles ? Qu'est-ce que tu peux comprendre ? Tu n'as jamais eu faim. » Eh bien, non, je n'ai jamais eu faim. Jamais ! Jamais ! Jamais ! Tu pourras peut-être me dire, toi, ce qu'il faut que je fasse pour que vous cessiez tous de me le reprocher.

Un temps.

HOEDERER

Vous entendez ? Eh bien, renseignez-le. Dites-lui donc ce qu'il faut qu'il fasse. Slick ! Que lui demandes-tu ? Qu'il se coupe une main ? Qu'il se crève un œil ? Qu'il t'offre sa femme ? Quel prix doit-il payer pour que vous lui pardonniez ?

SLICK

Je n'ai rien à lui pardonner.

HOEDERER

Si : d'être entré au Parti sans y être poussé par la misère.

GEORGES

On ne le lui reproche pas. Seulement il y a un monde entre nous : lui, c'est un amateur, il y est entré parce qu'il trouvait ça bien, pour faire un geste. Nous, on ne pouvait pas faire autrement.

HOEDERER

Et lui, tu crois qu'il pouvait faire autrement ? La faim des autres, ça n'est pas non plus très facile à supporter.

GEORGES

Il y en a beaucoup qui s'en arrangent très bien.

HOEDERER

C'est qu'ils n'ont pas d'imagination. Le malheur, avec ce petit-là, c'est qu'il en a trop.

SLICK

Ça va. On ne lui veut pas de mal. On ne le blaire pas, c'est tout. On a tout de même le droit...

HOEDERER

Quel droit ? Vous n'avez aucun droit. Aucun. « On ne
le blaire pas »... Espèces de salauds, allez regarder vos
gueules dans la glace et puis vous reviendrez me faire
de la délicatesse de sentiment si vous en avez le
courage. On juge un type à son travail. Et prenez garde
que je ne vous juge au vôtre, parce que vous vous
relâchez drôlement ces temps-ci.

HUGO, *criant.*

Mais ne me défendez pas ! Qui vous demande de me
défendre ? Vous voyez bien qu'il n'y a rien à faire ; j'ai
l'habitude. Quand je les ai vus entrer, tout à l'heure,
j'ai reconnu leur sourire. Ils n'étaient pas beaux. Vous
pouvez me croire ; ils venaient me faire payer pour
mon père et pour mon grand-père et pour tous ceux de
ma famille qui ont mangé à leur faim. Je vous dis que
je les connais : jamais ils ne m'accepteront ; ils sont
cent mille qui regardent avec ce sourire. J'ai lutté, je
me suis humilié, j'ai tout fait pour qu'ils oublient, je
leur ai répété que je les aimais, que je les enviais, que je
les admirais. Rien à faire ! Rien à faire ! Je suis un gosse
de riches, un intellectuel, un type qui ne travaille pas
de ses mains. Eh bien, qu'ils pensent ce qu'ils veulent.
Ils ont raison, c'est une question de peau.

Slick et Georges se regardent en silence.

HOEDERER, *aux gardes du corps.*

Eh bien ? *(Slick et Georges haussent les épaules en
signe d'incertitude.)* Je ne le ménagerai pas plus que
vous : vous savez que je ne ménage personne. Il ne
travaillera pas de ses mains, mais je le ferai trimer dur.
(Agacé.) Ah ! Finissons-en.

SLICK, *se décidant.*

Bon ! *(A Hugo.)* Mon petit gars, ce n'est pas que tu me
plaises. On aura beau faire, il y a quelque chose entre
nous qui ne colle pas. Mais je ne dis pas que tu sois le
mauvais cheval et puis c'est vrai qu'on était mal parti.
On va tâcher de ne pas se rendre la vie dure. D'accord ?

HUGO, *mollement.*

Si vous voulez !

SLICK

D'accord, Georges ?

GEORGES

Marchons comme ça.

Un temps.

HOEDERER, *tranquillement.*

Reste la question de la fouille.

SLICK

Oui. La fouille... Oh ! à présent...

GEORGES

Ce qu'on en disait c'était pour dire.

SLICK

Histoire de marquer le coup.

HOEDERER, *changeant de ton.*

Qui vous demande votre avis ? Vous ferez cette fouille si je vous dis de la faire. *(A Hugo, reprenant sa voix ordinaire.)* J'ai confiance en toi, mon petit, mais il faut que tu sois réaliste. Si je fais une exception pour toi aujourd'hui, demain ils me demanderont d'en faire deux, et pour finir, un type viendra nous massacrer tous parce qu'ils auront négligé de retourner ses poches. Suppose qu'ils te demandent poliment, à présent que vous êtes amis, tu les laisserais fouiller ?

HUGO

Je... crains que non.

HOEDERER

Ah ! *(Il le regarde.)* Et si c'est moi qui te le demande ? *(Un temps.)* Je vois : tu as des principes. Je pourrais en

faire une question de principes, moi aussi. Mais les
principes et moi... *(Un temps.)* Regarde-moi. Tu n'as
pas d'armes ?

HUGO

Non.

HOEDERER

Ta femme non plus ?

HUGO

Non.

HOEDERER

C'est bon. Je te fais confiance. Allez-vous-en, vous
deux.

JESSICA

Attendez. *(Ils se retournent.)* Hugo, ce serait mal de
ne pas répondre à la confiance par la confiance.

HUGO

Quoi ?

JESSICA

Vous pouvez fouiller partout.

HUGO

Mais, Jessica...

JESSICA

Eh bien quoi ? Tu vas leur faire croire que tu caches
un revolver.

HUGO

Folle !

JESSICA

Alors, laisse-les faire. Ton orgueil est sauf puisque
c'est nous qui les en prions.

Georges et Slick restent hésitants sur le pas de la porte.

HOEDERER

Eh bien ? Qu'est-ce que vous attendez ? Vous avez compris ?

SLICK

On croyait...

HOEDERER

Il n'y a rien à croire, faites ce qu'on vous dit.

SLICK

Bon. Bon. Bon.

GEORGES

C'était pas la peine de faire toutes ces histoires.

Pendant qu'ils se mettent à fouiller, mollement Hugo ne cesse de regarder Jessica avec stupeur.

HOEDERER, *à Slick et à Georges.*

Et que ça vous apprenne à faire confiance aux gens. Moi, je fais toujours confiance. A tout le monde. *(Ils fouillent.)* Que vous êtes mous ! Il faut que la fouille soit sérieuse puisqu'ils vous l'ont proposée sérieusement. Slick, regarde sous l'armoire. Bon. Sors le costume. Palpe-le.

SLICK

C'est déjà fait.

HOEDERER

Recommence. Regarde aussi sous le matelas. Bien. Slick, continue. Et toi, Georges, viens ici. *(Désignant Hugo.)* Fouille-le. Tu n'as qu'à tâter les poches de son veston. Là. Et de son pantalon. Bien. Et la poche-revolver. Parfait.

JESSICA

Et moi ?

HOEDERER

Puisque tu le demandes. Georges. *(Georges ne bouge pas.)* Eh bien ? Elle te fait peur ?

GEORGES

Oh ! ça va.

Il va jusqu'à Jessica, très rouge, et l'effleure du bout des doigts. Jessica rit.

JESSICA

Il a des mains de cameriste.

Slick est arrivé devant la valise qui contenait le revolver.

SLICK

Les valises sont vides ?

HUGO, *tendu.*

Oui.

Hoederer le regarde avec attention.

HOEDERER

Celle-là aussi ?

HUGO

Oui.

Slick la soulève.

SLICK

Non.

HUGO

Ah... non, pas celle-là. J'allais la défaire quand vous êtes entrés.

HOEDERER

Ouvre.

Slick ouvre et fouille.

SLICK

Rien.

HOEDERER

Bon. C'est fini. Tirez-vous.

SLICK, *à Hugo.*

Sans rancune.

HUGO

Sans rancune.

JESSICA, *pendant qu'ils sortent.*

J'irai vous faire visite dans votre vestibule.

SCÈNE IV

JESSICA, HOEDERER, HUGO

HOEDERER

A ta place, je n'irais pas les voir trop souvent.

JESSICA

Oh! pourquoi? Ils sont si mignons; Georges surtout : c'est une jeune fille.

HOEDERER

Hum! *(Il va vers elle.)* Tu es jolie, c'est un fait. Ça ne
sert à rien de le regretter. Seulement, les choses étant
ce qu'elles sont, je ne vois que deux solutions. La

première, si tu as le cœur assez large, c'est de faire notre bonheur à tous.

JESSICA

J'ai le cœur tout petit.

HOEDERER

Je m'en doutais. D'ailleurs, ils s'arrangeraient pour se battre tout de même. Reste la seconde solution : quand ton mari s'en va, tu t'enfermes et tu n'ouvres à personne — pas même à moi.

JESSICA

Oui. Eh bien, si vous permettez, je choisirai la troisième.

HOEDERER

Comme tu voudras. *(Il se penche vers elle et respire profondément.)* Tu sens bon. Ne mets pas ce parfum quand tu iras les voir.

JESSICA

Je n ai pas mis de parfum.

HOEDERER

Tant pis.

Il se détourne et marche lentement jusqu'au milieu de la pièce puis s'arrête. Pendant toute la scène ses regards furèteront partout. Il cherche quelque chose. De temps en temps son regard s'arrête sur Hugo et le scrute.

Bon. Eh bien, voilà ! *(Un silence.)* Voilà ! *(Un silence.)* Hugo, tu viendras chez moi demain matin à dix heures.

HUGO

Je sais.

HOEDERER, *distraitement,*
pendant que ses yeux furètent partout.

Bon. Bon. Bon. Voilà. Tout est bien. Tout est bien qui finit bien. Vous faites des drôles de têtes, mes enfants.

Tout est bien, voyons ! Tout le monde est réconcilié, tout le monde s'aime... *(Brusquement.)* Tu es fatigué, mon petit.

HUGO

Ce n'est rien.

> *Hoederer le regarde avec attention. Hugo, gêné, parle avec effort :*

Pour... l'incident de tout à l'heure, je... je m'excuse.

HOEDERER, *sans cesser de le regarder.*

Je n'y pensais même plus.

HUGO

A l'avenir, vous...

HOEDERER

Je t'ai dit de me tutoyer.

HUGO

A l'avenir, tu n'auras plus sujet de te plaindre. J'observerai la discipline.

HOEDERER

Tu m'as déjà raconté ça. Tu es sûr que tu n'es pas malade ? *(Hugo ne répond pas.)* Si tu étais malade, il serait encore temps de me le dire et je demanderais au Comité d'envoyer quelqu'un pour prendre ta place.

HUGO

Je ne suis pas malade.

HOEDERER

Parfait. Eh bien, je vais vous laisser. Je suppose que vous avez envie d'être seuls. *(Il va à la table et regarde les livres.)* Hegel, Marx très bien. Lorca, Eliot : connais pas.

> *Il feuillette les livres.*

HUGO

Ce sont des poètes.

HOEDERER, *prenant d'autres livres.*

Poésie... Poésie... Beaucoup de poésie. Tu écris des poèmes ?

HUGO

N-non.

HOEDERER

Enfin, tu en as écrit. *(Il s'éloigne de la table, s'arrête devant le lit.)* Une robe de chambre, tu te mets bien. Tu l'as emportée quand tu as quitté ton père ?

HUGO

Oui.

HOEDERER

Les deux complets aussi, je suppose ?

Il lui tend une cigarette.

HUGO, *refusant.*

Merci.

HOEDERER

Tu ne fumes pas ? *(Geste de négation de Hugo.)* Bon. Le Comité me fait dire que tu n'as jamais pris part à une action directe. C'est vrai ?

HUGO

C'est vrai.

HOEDERER

Tu devais te ronger. Tous les intellectuels rêvent de faire de l'action.

HUGO

J'étais chargé du journal.

HOEDERER

C'est ce qu'on m'a dit. Il y a deux mois que je ne le reçois plus. Les numéros d'avant, c'est toi qui les faisais ?

HUGO

Oui.

HOEDERER

C'était du travail honnête. Et ils se sont privés d'un si bon rédacteur pour me l'envoyer ?

HUGO

Ils ont pensé que je ferais ton affaire.

HOEDERER

Ils sont bien gentils. Et toi ? Ça t'amusait de quitter ton travail ?

HUGO

Je...

HOEDERER

Le journal, c'était à toi ; il y avait des risques, des responsabilités ; en un sens, ça pouvait même passer pour de l'action. *(Il le regarde.)* Et te voilà secrétaire. *(Un temps.)* Pourquoi l'as-tu quitté ? Pourquoi ?

HUGO

Par discipline.

HOEDERER

Ne parle pas tout le temps de discipline. Je me méfie des gens qui n'ont que ce mot à la bouche.

HUGO

J'ai besoin de discipline.

HOEDERER

Pourquoi ?

HUGO, *avec lassitude.*

Il y a beaucoup trop de pensées dans ma tête. Il faut que je les chasse.

HOEDERER

Quel genre de pensées ?

HUGO

« Qu'est-ce que je fais ici ? Est-ce que j'ai raison de vouloir ce que je veux ? Est-ce que je ne suis pas en train de me jouer la comédie ? » Des trucs comme ça.

HOEDERER, *lentement.*

Oui. Des trucs comme ça. Alors, en ce moment, ta tête en est pleine ?

HUGO, *gêné.*

Non... Non, pas en ce moment. *(Un temps.)* Mais ça peut revenir. Il faut que je me défende. Que j'installe d'autres pensées dans ma tête. Des consignes : « Fais ceci. Marche. Arrête-toi. Dis cela. » J'ai besoin d'obéir. Obéir et c'est tout. Manger, dormir, obéir.

HOEDERER

Ça va. Si tu obéis, on pourra s'entendre. *(Il lui met la main sur l'épaule.)* Écoute... *(Hugo se dégage et saute en arrière. Hoederer le regarde avec un intérêt accru. Sa voix devient dure et coupante.)* Ah ? *(Un temps.)* Ha ! Ha !

HUGO

Je... je n'aime pas qu'on me touche.

HOEDERER, *d'une voix dure et rapide.*

Quand ils ont fouillé dans cette valise, tu as eu peur : pourquoi ?

HUGO

Je n'ai pas eu peur.

HOEDERER

Si. Tu as eu peur. Qu'est-ce qu'il y a dedans ?

HUGO

Ils ont fouillé et il n'y avait rien.

HOEDERER

Rien ? C'est ce qu'on va voir. *(Il va à la valise et l'ouvre.)* Ils cherchaient une arme. On peut cacher des armes dans une valise mais on peut aussi y cacher des papiers.

HUGO

Ou des affaires strictement personnelles.

HOEDERER

A partir du moment où tu es sous mes ordres, mets-toi bien dans la tête que tu n'as plus rien à toi. *(Il fouille.)* Des chemises, des caleçons, tout est neuf. Tu as donc de l'argent ?

HUGO

Ma femme en a.

HOEDERER

Qu'est-ce que c'est que ces photos ? *(Il les prend et les regarde. Un silence.)* C'est ça ! C'est donc ça ! *(Il regarde une photo.)* Un costume de velours... *(Il en regarde une autre.)* Un grand col marin avec un béret. Quel petit Monsieur !

HUGO

Rendez-moi ces photos.

HOEDERER

Chut ! *(Il le repousse.)* Les voilà donc, ces affaires strictement personnelles. Tu avais peur qu'ils ne les trouvent.

HUGO

S'ils avaient mis dessus leurs sales pattes, s'ils avaient ricané en les regardant, je...

HOEDERER

Eh bien, le mystère est éclairci. Voilà ce que c'est que de porter le crime sur sa figure : j'aurais juré que tu cachais au moins une grenade. *(Il regarde les photos.)* Tu n'as pas changé. Ces petites jambes maigres... Évidemment tu n'avais jamais d'appétit. Tu étais si petit qu'on t'a mis debout sur une chaise, tu t'es croisé les bras et tu toises ton monde comme un Napoléon. Tu n'avais pas l'air gai. Non... ça ne doit pas être drôle tous les jours d'être un gosse de riches. C'est un mauvais début dans la vie. Pourquoi trimbales-tu ton passé dans cette valise puisque tu veux l'enterrer ? *(Geste vague de Hugo.)* De toute façon, tu t'occupes beaucoup de toi.

HUGO

Je suis dans le Parti pour m'oublier.

HOEDERER

Et tu te rappelles à chaque minute qu'il faut que tu t'oublies. Enfin ! Chacun se débrouille comme il peut. *(Il lui rend les photos.)* Cache-les bien. *(Hugo les prend et les met dans la poche intérieure de son veston.)* A demain, Hugo.

HUGO

A demain.

HOEDERER

Bonsoir, Jessica.

JESSICA

Bonsoir.

> *Sur le pas de la porte, Hoederer se retourne.*

HOEDERER

Fermez les volets et tirez les verrous. On ne sait jamais qui rôde dans le jardin. C'est un ordre.

> *Il sort.*

SCÈNE V

HUGO, JESSICA

Hugo va à la porte et donne deux tours de clef.

JESSICA

C'est vrai qu'il est vulgaire. Mais il ne porte pas de cravate à pois.

HUGO

Où est le revolver ?

JESSICA

Comme je me suis amusée, ma petite abeille. C'est la première fois que je te vois aux prises avec de vrais hommes.

HUGO

Jessica, où est ce revolver ?

JESSICA

Hugo, tu ne connais pas les règles de ce jeu-là : et la fenêtre ? On peut nous regarder du dehors.

Hugo va fermer les volets et revient vers elle.

HUGO

Alors ?

JESSICA, *tirant le revolver de son corsage.*

Pour la fouille, Hoederer ferait mieux d'engager aussi une femme. Je vais me proposer.

HUGO

Quand l'as-tu pris ?

JESSICA

Quand tu es allé ouvrir aux deux chiens de garde.

HUGO

Tu t'es bien moquée de nous. J'ai cru qu'il t'avait attrapée à son piège.

JESSICA

Moi ? J'ai manqué lui rire au nez : « Je vous fais confiance ! Je fais confiance à tout le monde. Que ça vous apprenne à faire confiance... » Qu'est-ce qu'il s'imagine ? Le coup de la confiance, c'est avec les hommes que ça prend.

HUGO

Et encore !

JESSICA

Veux-tu te taire, ma petite abeille. Toi, tu as été ému.

HUGO

Moi ? Quand ?

JESSICA

Quand il t'a dit qu'il te faisait confiance.

HUGO

Non, je n'ai pas été ému.

JESSICA

Si.

HUGO

Non.

JESSICA

En tout cas, si tu me laisses jamais avec un beau garçon, ne me dis pas que tu me fais confiance, parce que je te préviens : ce n'est pas ça qui m'empêchera de te tromper, si j'en ai envie. Au contraire.

HUGO

Je suis bien tranquille, je partirais les yeux fermés.

JESSICA

Tu crois qu'on me prend par les sentiments ?

HUGO

Non, ma petite statue de neige ; je crois à la froideur
de la neige. Le plus brûlant séducteur s'y gèlerait les
doigts. Il te caresserait pour te réchauffer un peu et tu
lui fondrais entre les mains.

JESSICA

Idiot ! Je ne joue plus. *(Un très bref silence.)* Tu as eu
bien peur.

HUGO

Tout à l'heure ? Non. Je n'y croyais pas. Je les
regardais fouiller et je me disais : « Nous jouons la
comédie. » Rien ne me semble tout à fait vrai.

JESSICA

Même pas moi ?

HUGO

Toi ? *(Il la regarde un moment puis détourne la tête.)*
Dis, tu as eu peur, toi aussi ?

JESSICA

Quand j'ai compris qu'ils allaient me fouiller. C'était
pile ou face. Georges, j'étais sûre qu'il me toucherait à
peine mais Slick m'aurait empoignée. Je n'avais pas
peur qu'il trouve le revolver : j'avais peur de ses mains.

HUGO

Je n'aurais pas dû t'entraîner dans cette histoire.

JESSICA

Au contraire, j'ai toujours rêvé d'être une aventu-
rière.

HUGO

Jessica, ce n'est pas un jeu. Ce type est dangereux.

JESSICA

Dangereux ? Pour qui ?

HUGO

Pour le Parti.

JESSICA

Pour le Parti ? Je croyais qu'il en était le chef.

HUGO

Il en est *un* des chefs. Mais justement : il...

JESSICA

Surtout, ne m'explique pas. Je te crois sur parole.

HUGO

Qu'est-ce que tu crois ?

JESSICA, *récitant.*

Je crois que cet homme est dangereux, qu'il faut qu'il disparaisse et que tu viens pour l'abat...

HUGO

Chut ! *(Un temps.)* Regarde-moi. Des fois je me dis que tu joues à me croire et que tu ne me crois pas vraiment et d'autres fois que tu me crois au fond mais que tu fais semblant de ne pas me croire. Qu'est-ce qui est vrai ?

JESSICA, *riant.*

Rien n'est vrai.

HUGO

Qu'est-ce que tu ferais si j'avais besoin de ton aide ?

JESSICA

Est-ce que je ne viens pas de t'aider ?

HUGO

Si, mon âme, mais ce n'est pas cette aide-là que je veux.

JESSICA

Ingrat.

HUGO, *la regardant.*

Si je pouvais lire dans ta tête...

JESSICA

Demande-moi.

HUGO, *haussant les épaules.*

Bah ! *(Un temps.)* Bon Dieu, quand on va tuer un homme, on devrait se sentir lourd comme une pierre. Il devrait y avoir du silence dans ma tête. *(Criant.)* Du silence ! *(Un temps.)* As-tu vu comme il est dense ? Comme il est vivant ? *(Un temps.)* C'est vrai ! C'est vrai ! C'est vrai que je vais le tuer : dans une semaine il sera couché par terre et mort avec cinq trous dans la peau. *(Un temps.)* Quelle comédie !

JESSICA, *se met à rire.*

Ma pauvre petite abeille, si tu veux me convaincre que tu vas devenir un assassin, il faudrait commencer par t'en convaincre toi-même.

HUGO

Je n'ai pas l'air convaincu, hein ?

JESSICA

Pas du tout : tu joues mal ton rôle.

HUGO

Mais je ne joue pas, Jessica.

JESSICA

Si, tu joues.

HUGO

Non, c'est toi. C'est toujours toi.

JESSICA

Non, c'est toi. D'ailleurs comment pourrais-tu le tuer, c'est moi qui ai le revolver.

HUGO

Rends-moi ce revolver.

JESSICA

Jamais de la vie : je l'ai gagné. Sans moi tu te le serais fait prendre.

HUGO

Rends-moi ce revolver.

JESSICA

Non, je ne te le rendrai pas, j'irai trouver Hoederer et je lui dirai : je viens faire votre bonheur, et pendant qu'il m'embrassera...

Hugo, qui fait semblant de se résigner, se jette sur elle, même jeu qu'à la première scène, ils tombent sur le lit, luttent, crient et rient. Hugo finit par lui arracher le revolver pendant que le rideau tombe et qu'elle crie :

Attention ! Attention ! Le revolver va partir !

QUATRIÈME TABLEAU

Le bureau de Hoederer

Pièce austère mais confortable. A droite, un bureau ; au milieu, une table chargée de livres et de feuillets avec un tapis qui tombe jusqu'au plancher. A gauche, sur le côté, une fenêtre au travers de laquelle on voit les arbres du jardin. Au fond, à droite, une porte ; à gauche de la porte une table de cuisine, qui supporte un fourneau à gaz. Sur le fourneau, une cafetière. Chaises disparates. C'est l'après-midi.

Hugo est seul. Il s'approche du bureau, prend le porte-plume de Hoederer et le touche. Puis il remonte jusqu'au fourneau, prend la cafetière et la regarde en sifflotant. Jessica entre doucement.

SCÈNE PREMIÈRE
JESSICA, HUGO

JESSICA

Qu'est-ce que tu fais avec cette cafetière ?

Hugo repose précipitamment la cafetière.

HUGO

Jessica, on t'a défendu d'entrer dans ce bureau.

JESSICA

Qu'est-ce que tu faisais avec cette cafetière ?

HUGO

Et toi, qu'est-ce que tu viens faire ici ?

JESSICA

Te voir, mon âme.

HUGO

Eh bien, tu m'as vu. File ! Hoederer va descendre.

JESSICA

Comme je m'ennuyais de toi, ma petite abeille !

HUGO

Je n'ai pas le temps de jouer, Jessica.

JESSICA, *regardant autour d'elle.*

Naturellement tu n'avais rien su me décrire. Ça sent le tabac refroidi comme dans le bureau de mon père quand j'étais petite. C'est pourtant facile de parler d'une odeur.

HUGO

Écoute-moi bien...

JESSICA

Attends ! *(Elle fouille dans la poche de son tailleur.)* J'étais venue pour t'apporter ça.

HUGO

Quoi, ça ?

JESSICA, *sortant le revolver de sa poche et le tendant à Hugo sur la paume de sa main.*

Ça ! Tu l'avais oublié.

HUGO

Je ne l'ai pas oublié : je ne l'emporte jamais.

JESSICA

Justement : tu ne devrais pas t'en séparer.

HUGO

Jessica, puisque tu n'as pas l'air de comprendre, je te dis tout net que je te défends de remettre les pieds ici. Si tu veux jouer, tu as le jardin et le pavillon.

JESSICA

Hugo, tu me parles comme si j'avais six ans.

HUGO

A qui la faute ? C'est devenu insupportable ; tu ne peux plus me regarder sans rire. Ce sera joli quand nous aurons cinquante ans. Il faut en sortir ; ce n'est qu'une habitude, tu sais ; une sale habitude que nous avons prise ensemble. Est-ce que tu me comprends ?

JESSICA

Très bien.

HUGO

Tu veux bien faire un effort ?

JESSICA

Oui.

HUGO

Bon. Eh bien, commence par rentrer ce revolver.

JESSICA

Je ne peux pas.

HUGO

Jessica !

JESSICA

Il est à toi, c'est à toi de le prendre.

HUGO

Mais puisque je te dis que je n'en ai que faire !

JESSICA

Et moi, qu'est-ce que tu veux que j'en fasse ?

HUGO

Ce que tu voudras, ça ne me regarde pas.

JESSICA

Tu ne prétends pas obliger ta femme à promener toute la journée une arme à feu dans sa poche ?

HUGO

Rentre chez nous et va la déposer dans ma valise.

JESSICA

Mais je n'ai pas envie de rentrer ; tu es monstrueux !

HUGO

Tu n'avais qu'à ne pas l'apporter.

JESSICA

Et toi tu n'avais qu'à ne pas l'oublier.

HUGO

Je te dis que je ne l'ai pas oublié.

JESSICA

Non ? Alors, Hugo, c'est que tu as changé tes projets.

HUGO

Chut !

JESSICA

Hugo, regarde-moi dans les yeux. Oui ou non, as-tu changé tes projets ?

HUGO

Non, je ne les ai pas changés.

JESSICA

Oui ou non, as-tu l'intention de...

HUGO

Oui ! Oui ! Oui ! Mais pas aujourd'hui.

JESSICA

Oh ! Hugo, mon petit Hugo, pourquoi pas aujour-d'hui ? Je m'ennuie tant, j'ai fini tous les romans que tu m'as donnés et je n'ai pas de goût pour rester toute la journée sur mon lit comme une odalisque, ça me fait engraisser. Qu'attends-tu ?

HUGO

Jessica, tu joues encore.

JESSICA

C'est toi qui joues. Voilà dix jours que tu prends de grands airs pour m'impressionner et finalement l'autre vit toujours. Si c'est un jeu, il dure trop longtemps : nous ne parlons plus qu'à voix basse, de peur qu'on ne nous entende, et il faut que je te passe toutes tes humeurs, comme si tu étais une femme enceinte.

HUGO

Tu sais bien que ce n'est pas un jeu.

JESSICA, *sèchement.*

Alors tant pis : j'ai horreur que les gens ne fassent pas ce qu'ils ont décidé de faire. Si tu veux que je te croie, il faut en finir aujourd'hui même.

HUGO

Aujourd'hui c'est inopportun.

JESSICA, *reprenant sa voix ordinaire.*

Tu vois !

HUGO

Ah ! tu m'assommes. Il attend des visites, là !

JESSICA

Combien ?

HUGO

Deux.

JESSICA

Tue-les aussi.

HUGO

Il n'y a rien de plus déplacé qu'une personne qui s'obstine à jouer quand les autres n'en ont pas envie. Je ne te demande pas de m'aider, oh ! non. Je voudrais simplement que tu ne me gênes pas.

JESSICA

Bon! Bon! Fais ce que tu voudras puisque tu me
tiens en dehors de ta vie. Mais prends ce revolver parce
que, si je le garde, il déformera mes poches.

HUGO

Si je le prends, tu t'en iras?

JESSICA

Commence par le prendre.

> *Hugo prend le revolver et le met en poche.*

HUGO

A présent, file.

JESSICA

Une minute! J'ai tout de même le droit de jeter un
coup d'œil dans le bureau où mon mari travaille. *(Elle
passe derrière le bureau de Hoederer. Désignant le
bureau.)* Qui s'assied là? Lui ou toi?

HUGO, *de mauvaise grâce.*

Lui. *(Désignant la table.)* Moi, je travaille à cette
table.

JESSICA, *sans l'écouter.*

C'est son écriture.

> *Elle a pris une feuille sur le bureau.*

HUGO

Oui.

JESSICA, *vivement intéressée.*

Ha! ha! ha!

HUGO

Pose ça.

JESSICA

Tu as vu comme elle monte ? et qu'il trace les lettres
sans les relier ?

HUGO

Après ?

JESSICA

Comment, après ? C'est très important.

HUGO

Pour qui ?

JESSICA

Tiens ! Pour connaître son caractère. Autant savoir
qui on tue. Et l'espace qu'il laisse entre les mots ! On
dirait que chaque lettre est une petite île ; les mots ce
seraient des archipels. Ça veut sûrement dire quelque
chose.

HUGO

Quoi ?

JESSICA

Je ne sais pas. Que c'est agaçant : ses souvenirs
d'enfance, les femmes qu'il a eues, sa façon d'être
amoureux, tout est là et je ne sais pas lire... Hugo, tu
devrais m'acheter un livre de graphologie, je sens que
je suis douée.

HUGO

Je t'en achèterai un si tu t'en vas tout de suite.

JESSICA

On dirait un tabouret de piano ?

HUGO

C'en est un.

JESSICA, *s'asseyant sur le tabouret*
et le faisant tourner.

Comme c'est agréable! Alors, il s'assied, il fume, il parle et tourne sur son tabouret.

HUGO

Oui.

> *Jessica débouche un carafon sur le bureau et le flaire.*

JESSICA

Il boit?

HUGO

Comme un trou.

JESSICA

En travaillant?

HUGO

Oui.

JESSICA

Et il n'est jamais saoul?

HUGO

Jamais.

JESSICA

J'espère que tu ne bois pas d'alcool, même s'il t'en offre : tu ne le supportes pas.

HUGO

Ne fais pas la grande sœur; je sais très bien que je ne supporte pas l'alcool, ni le tabac, ni le chaud, ni le froid, ni l'humidité, ni l'odeur des foins, ni rien du tout.

JESSICA, *lentement.*

Il est là, il parle, il fume, il boit, il tourne sur son guéridon...

HUGO

Oui et moi je...

JESSICA, *avisant le fourneau.*

Qu'est-ce que c'est ? Il fait sa cuisine lui-même ?

HUGO

Oui.

JESSICA, *éclatant de rire.*

Mais pourquoi ? Je pourrais la lui faire, moi, puisque je fais la tienne ; il pourrait venir manger avec nous.

HUGO

Tu ne la ferais pas aussi bien que lui ; et puis je crois que ça l'amuse. Le matin il nous fait du café. Du très bon café de marché noir...

JESSICA, *désignant la cafetière.*

Là-dedans ?

HUGO

Oui.

JESSICA

C'est la cafetière que tu avais dans les mains quand je suis entrée ?

HUGO

Oui.

JESSICA

Pourquoi l'avais-tu prise ? Qu'est-ce que tu y cherchais ?

HUGO

Je ne sais pas. *(Un temps.)* Elle a l'air vrai quand il la touche. *(Il la prend.)* Tout ce qu'il touche a l'air vrai. Il verse le café dans les tasses, je bois, je le regarde boire et je sens que le vrai goût du café est dans sa bouche à lui. *(Un temps.)* C'est le vrai goût du café qui va disparaître, la vraie chaleur, la vraie lumière. Il ne restera que ça.

> *Il montre la cafetière.*

JESSICA

Quoi, ça ?

HUGO, *montrant d'un geste plus large la pièce entière.*

Ça : des mensonges. *(Il repose la cafetière.)* Je vis dans un décor.

> *Il s'absorbe dans ses réflexions.*

JESSICA

Hugo !

HUGO, *sursautant.*

Eh ?

JESSICA

L'odeur du tabac s'en ira quand il sera mort. *(Brusquement.)* Ne le tue pas.

HUGO

Tu crois donc que je vais le tuer ? Réponds ? Tu le crois ?

JESSICA

Je ne sais pas. Tout a l'air si tranquille. Et puis ça sent mon enfance... Il n'arrivera rien ! Il ne peut rien arriver, tu te moques de moi.

HUGO

Le voilà. File par la fenêtre.

> *Il cherche à l'entraîner.*

JESSICA, *résistant.*

Je voudrais voir comment vous êtes quand vous êtes seuls.

HUGO, *l'entraînant.*

Viens vite.

JESSICA, *très vite.*

Chez mon père, je me mettais sous la table et je le regardais travailler pendant des heures.

> *Hugo ouvre la fenêtre de la main gauche. Jessica lui échappe et se glisse sous la table. Hoederer entre.*

SCÈNE II

LES MÊMES, HOEDERER

HOEDERER

Qu'est-ce que tu fais là-dessous ?

JESSICA

Je me cache.

HOEDERER

Pour quoi faire ?

JESSICA

Pour voir comment vous êtes quand je ne suis pas là.

HOEDERER

C'est manqué. *(A Hugo.)* Qui l'a laissée entrer ?

HUGO

Je ne sais pas.

HOEDERER

C'est ta femme : tiens-la mieux que ça.

JESSICA

Ma pauvre petite abeille, il te prend pour mon mari.

HOEDERER

Ce n'est pas ton mari ?

JESSICA

C'est mon petit frère.

HOEDERER, *à Hugo.*

Elle ne te respecte pas.

HUGO

Non.

HOEDERER

Pourquoi l'as-tu épousée ?

HUGO

Parce qu'elle ne me respectait pas.

HOEDERER

Quand on est du Parti, on se marie avec quelqu'un du Parti.

JESSICA

Pourquoi ?

HOEDERER

C'est plus simple.

JESSICA

Comment savez-vous que je ne suis pas du Parti ?

HOEDERER

Ça se voit. *(Il la regarde.)* Tu ne sais rien faire, sauf l'amour...

JESSICA

Même pas l'amour. *(Un temps.)* Est-ce que vous pensez que je dois m'inscrire au Parti ?

HOEDERER

Tu peux faire ce que tu veux : le cas est désespéré.

JESSICA

Est-ce que c'est ma faute ?

HOEDERER

Que veux-tu que j'en sache ? Je suppose que tu es à moitié victime, à moitié complice, comme tout le monde.

JESSICA, *avec une brusque violence.*

Je ne suis complice de personne. On a décidé de moi sans me demander mon avis.

HOEDERER

C'est bien possible. De toute façon la question de l'émancipation des femmes ne me passionne pas.

JESSICA, *désignant Hugo.*

Vous croyez que je lui fais du mal ?

HOEDERER

C'est pour me demander ça que tu es venue ici ?

JESSICA

Pourquoi pas ?

HOEDERER

Je suppose que tu es son luxe. Les fils de bourgeois qui viennent à nous ont la rage d'emporter avec eux un peu de leur luxe passé, comme souvenir. Les uns, c'est leur liberté de penser, les autres, une épingle de cravate. Lui, c'est sa femme.

JESSICA

Oui. Et vous, naturellement, vous n'avez pas besoin de luxe.

HOEDERER

Naturellement non. *(Ils se regardent.)* Allez, ouste, disparais, et ne remets plus les pieds ici.

JESSICA

Ça va. Je vous laisse à votre amitié d'hommes.

Elle sort avec dignité.

SCÈNE III

HUGO, HOEDERER

HOEDERER

Tu tiens à elle ?

HUGO

Naturellement.

HOEDERER

Alors, défends-lui de remettre les pieds ici. Quand j'ai à choisir entre un type et une bonne femme, c'est le type que je choisis ; mais il ne faut tout de même pas me rendre la tâche trop difficile.

HUGO

Qui vous demande de choisir ?

HOEDERER

Aucune importance : de toute façon c'est toi que j'ai choisi.

HUGO, *riant.*

Vous ne connaissez pas Jessica.

HOEDERER

Ça se peut bien. Tant mieux, alors. *(Un temps.)* Dis-
lui tout de même de ne pas revenir. *(Brusquement.)*
Quelle heure est-il ?

HUGO

Quatre heures dix.

HOEDERER

Ils sont en retard.

> *Il va à la fenêtre, jette un coup d'œil au-dehors
> puis revient.*

HUGO

Vous n'avez rien à me dicter ?

HOEDERER

Pas aujourd'hui. *(Sur un mouvement de Hugo.)* Non.
Reste. Quatre heures dix ?

HUGO

Oui.

HOEDERER

S'ils ne viennent pas, ils le regretteront.

HUGO

Qui vient ?

HOEDERER

Tu verras. Des gens de ton monde. *(Il fait quelques
pas.)* Je n'aime pas attendre. *(Revenant vers Hugo.)* S'ils
viennent, l'affaire est dans le sac ; mais, s'ils ont eu
peur au dernier moment, tout est à recommencer. Et je
crois que je n'en aurai pas le temps. Quel âge as-tu ?

HUGO

Vingt et un ans.

HOEDERER

Tu as du temps, toi.

HUGO

Vous n'êtes pas si vieux non plus.

HOEDERER

Je ne suis pas vieux mais je suis visé. *(Il lui montre le jardin.)* De l'autre côté de ces murs, il y a des types qui pensent nuit et jour à me descendre ; et comme, moi, je ne pense pas tout le temps à me garder, ils finiront sûrement par m'avoir.

HUGO

Comment savez-vous qu'ils y pensent nuit et jour ?

HOEDERER

Parce que je les connais. Ils ont de la suite dans les idées.

HUGO

Vous les connaissez ?

HOEDERER

Oui. Tu as entendu un bruit de moteur ?

HUGO

Non. *(Ils écoutent.)* Non.

HOEDERER

Ce serait le moment pour un de ces types de sauter par-dessus le mur. Il aurait l'occasion de faire du beau travail.

HUGO, *lentement*

Ce serait le moment...

HOEDERER, *le regardant.*

Tu comprends, il vaudrait mieux pour eux que je ne puisse pas recevoir ces visites. *(Il va au bureau et se verse à boire.)* Tu en veux ?

HUGO

Non. *(Un temps.)* Vous avez peur ?

HOEDERER

De quoi ?

HUGO

De mourir.

HOEDERER

Non, mais je suis pressé. Je suis tout le temps pressé. Autrefois, ça m'était égal d'attendre. A présent je ne peux plus.

HUGO

Comme vous devez les haïr.

HOEDERER

Pourquoi ? Je n'ai pas d'objection de principe contre l'assassinat politique. Ça se pratique dans tous les partis.

HUGO

Donnez-moi de l'alcool.

HOEDERER, *étonné.*

Tiens ! *(Il prend le carafon et lui verse à boire. Hugo boit sans cesser de le regarder.)* Eh bien, quoi ? Tu ne m'as jamais vu ?

HUGO

Non. Je ne vous ai jamais vu.

HOEDERER

Pour toi je ne suis qu'une étape, hein ? C'est naturel. Tu me regardes du haut de ton avenir. Tu te dis : « Je passerai deux ou trois ans chez ce bonhomme et, quand il sera crevé, j'irai ailleurs et je ferai autre chose... »

HUGO

Je ne sais pas si je ferai jamais autre chose.

HOEDERER

Dans vingt ans tu diras à tes copains : « C'était le temps où j'étais secrétaire chez Hoederer. » Dans vingt ans. C'est marrant !

HUGO

Dans vingt ans...

HOEDERER

Eh bien ?

HUGO

C'est loin.

HOEDERER

Pourquoi ? Tu es tubard ?

HUGO

Non. Donnez-moi encore un peu d'alcool. *(Hoederer lui verse à boire.)* Je n'ai jamais eu l'impression que je ferai de vieux os. Moi aussi, je suis pressé.

HOEDERER

Ce n'est pas la même chose.

HUGO

Non. *(Un temps.)* Des fois, je donnerais ma main à couper pour devenir tout de suite un homme et d'autres fois il me semble que je ne voudrais pas survivre à ma jeunesse.

HOEDERER

Je ne sais pas ce que c'est.

HUGO

Comment ?

HOEDERER

La jeunesse, je ne sais pas ce que c'est : je suis passé directement de l'enfance à l'âge d'homme.

HUGO

Oui. C'est une maladie bourgeoise. *(Il rit.)* Il y en a beaucoup qui en meurent.

HOEDERER

Veux-tu que je t'aide ?

HUGO

Hein ?

HOEDERER

Tu as l'air si mal parti. Veux-tu que je t'aide ?

HUGO, *dans un sursaut.*

Pas vous ! *(Il se reprend très vite.)* Personne ne peut m'aider.

HOEDERER, *allant à lui.*

Écoute, mon petit. *(Il s'arrête et écoute.)* Les voilà. *(Il va à la fenêtre. Hugo l'y suit.)* Le grand, c'est Karsky, le secrétaire du Pentagone. Le gros, c'est le prince Paul.

HUGO

Le fils du Régent ?

HOEDERER

Oui. *(Il a changé de visage, il a l'air indifférent, dur et sûr de lui.)* Tu as assez bu. Donne-moi ton verre. *(Il le vide dans le jardin.)* Va t'asseoir ; écoute tout ce qu'on dira et si je te fais signe, tu prendras des notes.

Il referme la fenêtre et va s'asseoir à son bureau.

SCÈNE IV

LES MÊMES, KARSKY, LE PRINCE PAUL, SLICK, GEORGES

Les deux visiteurs entrent, suivis par Slick et Georges qui leur poussent leurs mitraillettes dans les reins.

KARSKY

Je suis Karsky.

HOEDERER, *sans se lever.*

Je vous reconnais.

KARSKY

Vous savez qui est avec moi ?

HOEDERER

Oui.

KARSKY

Alors renvoyez vos molosses.

HOEDERER

Ça va comme ça les gars. Tirez-vous.

Slick et Georges sortent.

KARSKY, *ironiquement.*

Vous êtes bien gardé.

HOEDERER

Si je n'avais pas pris quelques précautions ces derniers temps, je n'aurais pas le plaisir de vous recevoir.

KARSKY, *se tournant vers Hugo.*

Et celui-ci ?

HOEDERER

C'est mon secrétaire. Il reste avec nous.

KARSKY, *s'approchant.*

Vous êtes Hugo Barine ? *(Hugo ne répond pas.)* Vous marchez avec ces gens ?

HUGO

Oui.

KARSKY

J'ai rencontré votre père la semaine dernière. Est-ce que ça vous intéresse encore d'avoir de ses nouvelles ?

HUGO

Non.

KARSKY

Il est fort probable que vous porterez la responsabilité de sa mort.

HUGO

Il est à peu près certain qu'il porte la responsabilité de ma vie. Nous sommes quittes.

KARSKY, *sans élever la voix.*

Vous êtes un petit malheureux.

HUGO

Dites-moi...

HOEDERER

Silence, toi. *(A Karsky.)* Vous n'êtes pas venu ici pour insulter mon secrétaire, n'est-ce pas ? Asseyez-vous je vous prie. *(Ils s'asseyent.)* Cognac ?

KARSKY

Merci.

LE PRINCE

Je veux bien.

Hoederer le sert.

KARSKY

Voilà donc le fameux Hoederer. *(Il le regarde.)* Avant-hier vos hommes ont encore tiré sur les nôtres.

HOEDERER

Pourquoi ?

KARSKY

Nous avions un dépôt d'armes dans un garage et vos types voulaient le prendre : c'est aussi simple que ça.

HOEDERER

Ils ont eu les armes ?

KARSKY

Oui.

HOEDERER

Bien joué.

KARSKY

Il n'y a pas de quoi être fier : ils sont venus à dix contre un.

HOEDERER

Quand on veut gagner, il vaut mieux se mettre à dix contre un, c'est plus sûr.

KARSKY

Ne poursuivons pas cette discussion, je crois que nous ne nous entendrons jamais : nous ne sommes pas de la même race.

HOEDERER

Nous sommes de la même race, mais nous ne sommes pas de la même classe.

LE PRINCE

Messieurs, si nous venions à nos affaires.

HOEDERER

D'accord. Je vous écoute.

KARSKY

C'est nous qui vous écoutons.

HOEDERER

Il doit y avoir un malentendu.

KARSKY

C'est probable. Si je n'avais pas cru que vous aviez une proposition précise à nous faire, je ne me serais pas dérangé pour vous voir.

HOEDERER

Je n'ai rien à proposer.

KARSKY

Parfait.

Il se lève.

LE PRINCE

Messieurs, je vous en prie. Rasseyez-vous, Karsky. C'est un mauvais début. Est-ce que nous ne pourrions pas mettre un peu de rondeur dans cet entretien ?

KARSKY, *au Prince.*

De la rondeur ? Avez-vous vu ses yeux quand ses deux chiens de garde nous poussaient devant eux avec leurs mitraillettes ? Ces gens-là nous détestent. C'est sur votre insistance que j'ai consenti à cette entrevue, mais je suis convaincu qu'il n'en sortira rien de bon.

LE PRINCE

Karsky, vous avez organisé l'an dernier deux atten-tats contre mon père et pourtant j'ai accepté de vous rencontrer. Nous n'avons peut-être pas beaucoup de raisons de nous aimer mais nos sentiments ne comptent plus quand il s'agit de l'intérêt national. *(Un temps.)* Cet intérêt, bien sûr, il est arrivé que nous ne l'entendions pas toujours de la même façon. Vous, Hoederer, vous vous êtes fait l'interprète peut-être un peu trop exclusif des revendications légitimes de la classe travailleuse. Mon père et moi, qui avons toujours été favorables à ces revendications, nous avons été obligés, devant l'attitude inquiétante de l'Allemagne, de les faire passer au second plan, parce que nous avons compris que notre premier devoir était de sauvegarder l'indépendance du territoire, fût-ce au prix de mesures impopulaires.

HOEDERER

C'est-à-dire en déclarant la guerre à l'U.R.S.S.

LE PRINCE, *enchaînant.*

De leur côté, Karsky et ses amis, qui ne partageaient pas notre point de vue sur la politique extérieure, ont peut-être sous-estimé la nécessité qu'il y avait pour l'Illyrie à se présenter unie et forte aux yeux de l'étranger, comme un seul peuple derrière un seul chef ; et ils ont formé un parti clandestin de résistance. Voilà comment il arrive que des hommes également honnêtes, également dévoués à leur patrie se trouvent séparés momentanément par les différentes conceptions qu'ils ont de leur devoir. *(Hoederer rit grossièrement.)* Plaît-il ?

HOEDERER

Rien. Continuez.

LE PRINCE

Aujourd'hui, les positions se sont brusquement rapprochées et il semble que chacun de nous ait une compréhension plus large du point de vue des autres. Mon père n'est pas désireux de poursuivre cette guerre inutile et coûteuse. Naturellement nous ne sommes pas en mesure de conclure une paix séparée, mais je puis vous garantir que les opérations militaires seront conduites sans excès de zèle. De son côté, Karsky estime que les divisions intestines ne peuvent que desservir la cause de notre pays et nous souhaitons les uns et les autres préparer la paix de demain en réalisant aujourd'hui l'union nationale. Bien entendu cette union ne saurait se faire ouvertement sans éveiller les soupçons de l'Allemagne, mais elle trouvera son cadre dans les organisations clandestines qui existent déjà.

HOEDERER

Et alors ?

LE PRINCE

Eh bien, c'est tout. Karsky et moi voulions vous annoncer l'heureuse nouvelle de notre accord de principe.

HOEDERER

En quoi cela me regarde-t-il ?

KARSKY

En voilà assez : nous perdons notre temps.

LE PRINCE, *enchaînant.*

Il va de soi que cette union doit être aussi large que possible. Si le Parti Prolétarien témoigne le désir de se joindre à nous...

HOEDERER

Qu'est-ce que vous offrez ?

KARSKY

Deux voix pour votre Parti dans le Comité National Clandestin que nous allons constituer.

HOEDERER

Deux voix sur combien ?

KARSKY

Sur douze.

HOEDERER, *feignant un étonnement poli.*

Deux voix sur douze ?

KARSKY

Le Régent déléguera quatre de ses conseillers et les six autres voix seront au Pentagone. Le président sera élu.

HOEDERER, *ricanant.*

Deux voix sur douze.

KARSKY

Le Pentagone embrasse la majeure partie du paysannat, soit cinquante-sept pour cent de la population, plus la quasi-totalité de la classe bourgeoise, le prolétariat ouvrier représente à peine vingt pour cent du pays et vous ne l'avez pas tout entier derrière vous.

HOEDERER

Bon. Après ?

KARSKY

Nous opérerons un remaniement et une fusion par la base de nos deux organisations clandestines. Vos hommes entreront dans notre dispositif pentagonal.

HOEDERER

Vous voulez dire que nos troupes seront absorbées par le Pentagone.

KARSKY

C'est la meilleure formule de réconciliation.

HOEDERER

En effet : la réconciliation par anéantissement d'un des adversaires. Après cela, il est parfaitement logique de ne nous donner que deux voix au Comité Central.

C'est même encore trop : ces deux voix ne représentent plus rien.

KARSKY

Vous n'êtes pas obligé d'accepter.

LE PRINCE, *précipitamment.*

Mais si vous acceptiez, naturellement, le gouvernement serait disposé à abroger les lois de 39 sur la presse, l'unité syndicale et la carte de travailleur.

HOEDERER

Comme c'est tentant ! *(Il frappe sur la table.)* Bon. Eh bien, nous avons fait connaissance ; à présent mettons-nous au travail. Voici mes conditions : un comité directeur réduit à six membres. Le Parti Prolétarien disposera de trois voix ; vous vous répartirez les trois autres comme vous voudrez. Les organisations clandestines resteront rigoureusement séparées et n'entreprendront d'action commune que sur un vote du Comité Central. C'est à prendre ou à laisser.

KARSKY

Vous vous moquez de nous ?

HOEDERER

Vous n'êtes pas obligés d'accepter.

KARSKY, *au Prince.*

Je vous avais dit qu'on ne pouvait pas s'entendre avec ces gens-là. Nous avons les deux tiers du pays, l'argent, les armes, des formations paramilitaires entraînées, sans compter la priorité morale que nous donnent nos martyrs ; et voilà une poignée d'hommes sans le sou qui réclame tranquillement la majorité au Comité Central.

HOEDERER

Alors ? C'est non ?

KARSKY

C'est non. Nous nous passerons de vous.

HOEDERER

Alors, allez-vous-en. *(Karsky hésite un instant, puis se dirige vers la porte. Le Prince ne bouge pas.)* Regardez le Prince, Karsky : il est plus malin que vous et il a déjà compris.

LE PRINCE, *à Karsky, doucement.*

Nous ne pouvons pas rejeter ces propositions sans examen.

KARSKY, *violemment.*

Ce ne sont pas des propositions ; ce sont des exigences absurdes que je refuse de discuter.

Mais il demeure immobile.

HOEDERER

En 42 la police traquait vos hommes et les nôtres, vous organisiez des attentats contre le Régent et nous sabotions la production de guerre ; quand un type du Pentagone rencontrait un gars de chez nous il y en avait toujours un des deux qui restait sur le carreau. Aujourd'hui, brusquement, vous voulez que tout le monde s'embrasse. Pourquoi ?

LE PRINCE

Pour le bien de la Patrie.

HOEDERER

Pourquoi n'est-ce pas le même bien qu'en 42 ? *(Un silence.)* Est-ce que ce ne serait pas parce que les Russes ont battu Paulus à Stalingrad et que les troupes allemandes sont en train de perdre la guerre ?

LE PRINCE

Il est évident que l'évolution du conflit crée une situation nouvelle. Mais je ne vois pas...

HOEDERER

Je suis sûr que vous voyez très bien au contraire...
Vous voulez sauver l'Illyrie, j'en suis convaincu. Mais
vous voulez la sauver telle qu'elle est, avec son régime
d'inégalité sociale et ses privilèges de classe. Quand les
Allemands semblaient vainqueurs, votre père s'est
rangé de leur côté. Aujourd'hui que la chance tourne, il
cherche à s'accommoder des Russes. C'est plus difficile.

KARSKY

Hoederer, c'est en luttant contre l'Allemagne que
tant des nôtres sont tombés et je ne vous laisserai pas
dire que nous avons pactisé avec l'ennemi pour conser-
ver nos privilèges.

HOEDERER

Je sais, Karsky : le Pentagone était anti-allemand.
Vous aviez la partie belle : le Régent donnait des gages
à Hitler pour l'empêcher d'envahir l'Illyrie. Vous étiez
aussi antirusse, parce que les Russes étaient loin.
L'Illyrie, l'Illyrie seule : je connais la chanson. Vous
l'avez chantée pendant deux ans à la bourgeoisie
nationaliste. Mais les Russes se rapprochent, avant un
an ils seront chez nous ; l'Illyrie ne sera plus tout à fait
aussi seule. Alors ? Il faut trouver des garanties. Quelle
chance si vous pouviez leur dire : le Pentagone travaillait pour vous et le Régent jouait double jeu. Seulement voilà : ils ne sont pas obligés de vous croire. Que
feront-ils ? Hein ? Que feront-ils ? Après tout nous leur
avons déclaré la guerre.

LE PRINCE

Mon cher Hoederer, quand l'U.R.S.S. comprendra
que nous avons sincèrement...

HOEDERER

Quand elle comprendra qu'un dictateur fasciste et
un parti conservateur ont sincèrement volé au secours
de sa victoire, je doute qu'elle leur soit très reconnais-

sante. *(Un temps.)* Un seul parti a conservé la confiance de l'U.R.S.S., un seul a su rester en contact avec elle pendant toute la guerre, un seul parti peut envoyer des émissaires à travers les lignes, un seul peut garantir votre petite combinaison : c'est le nôtre. Quand les Russes seront ici, ils verront par nos yeux. *(Un temps.)* Allons : il faut en passer par où nous voudrons.

KARSKY

J'aurais dû refuser de venir.

LE PRINCE

Karsky !

KARSKY

J'aurais dû prévoir que vous répondriez à des propositions honnêtes par un chantage abject.

HOEDERER

Criez : je ne suis pas susceptible. Criez comme un cochon qu'on égorge. Mais retenez ceci : quand les armées soviétiques seront sur notre territoire, nous prendrons le pouvoir ensemble, vous et nous, si nous avons travaillé ensemble ; mais si nous n'arrivons pas à nous entendre, à la fin de la guerre mon parti gouvernera *seul*. A présent, il faut choisir.

KARSKY

Je...

LE PRINCE, *à Karsky.*

La violence n'arrangera rien : il faut prendre une vue réaliste de la situation.

KARSKY, *au Prince.*

Vous êtes un lâche : vous m'avez attiré dans un guet-apens pour sauver votre tête.

HOEDERER

Quel guet-apens ? Allez-vous-en si vous voulez. Je n'ai pas besoin de vous pour m'entendre avec le Prince.

KARSKY, *au Prince.*

Vous n'allez pas...

LE PRINCE

Pourquoi donc ? Si la combinaison vous déplaît, nous ne voudrions pas vous obliger à y participer, mais ma décision ne dépend pas de la vôtre.

HOEDERER

Il va de soi que l'alliance de notre Parti avec le gouvernement du Régent mettra le Pentagone en situation difficile pendant les derniers mois de la guerre ; il va de soi aussi que nous procéderons à sa liquidation définitive quand les Allemands seront battus. Mais puisque vous tenez à rester pur...

KARSKY

Nous avons lutté trois ans pour l'indépendance de notre pays, des milliers de jeunes gens sont morts pour notre cause, nous avons forcé l'estime du monde, tout cela pour qu'un beau jour le parti allemand s'associe au parti russe et nous assassine au coin d'un bois.

HOEDERER

Pas de sentimentalisme, Karsky : vous avez perdu parce que vous deviez perdre. « L'Illyrie, l'Illyrie seule... » c'est un slogan qui protège mal un petit pays entouré de puissants voisins. *(Un temps.)* Acceptez-vous mes conditions ?

KARSKY

Je n'ai pas qualité pour accepter : je ne suis pas seul.

HOEDERER

Je suis pressé, Karsky.

LE PRINCE

Mon cher Hoederer, nous pourrions peut-être lui laisser le temps de réfléchir : la guerre n'est pas finie et nous n'en sommes pas à huit jours près.

HOEDERER

Moi, j'en suis à huit jours près. Karsky, je vous fais confiance. Je fais toujours confiance aux gens, c'est un principe. Je sais que vous devez consulter vos amis mais je sais aussi que vous les convaincrez. Si vous me donnez aujourd'hui votre acceptation de principe, je parlerai demain aux camarades du Parti.

HUGO, *se dressant brusquement.*

Hoederer !

HOEDERER

Quoi ?

HUGO

Comment osez vous... ?

HOEDERER

Tais-toi

HUGO

Vous n'avez pas le droit. Ce sont... Mon Dieu ! ce sont les mêmes. Les mêmes qui venaient chez mon père... Ce sont les mêmes bouches mornes et frivoles et... et ils me poursuivent jusqu'ici. Vous n'avez pas le droit, ils se glisseront partout, ils pourriront tout, ce sont les plus forts...

HOEDERER

Vas-tu te taire !

HUGO

Écoutez bien, vous deux : il n'aura pas le Parti derrière lui pour cette combine ! Ne comptez pas sur lui pour vous blanchir, il n'aura pas le Parti derrière lui.

HOEDERER, *calmement, aux deux autres.*

Aucune importance. C'est une réaction strictement personnelle.

LE PRINCE

Oui, mais ces cris sont ennuyeux. Est-ce qu'on ne
pourrait pas demander à vos gardes du corps de faire
sortir ce jeune homme ?

HOEDERER

Mais comment ! Il va sortir de lui-même.

Il se lève et va vers Hugo.

HUGO, *reculant.*

Ne me touchez pas. *(Il met la main à la poche où se
trouve son revolver.)* Vous ne voulez pas m'écouter ?
Vous ne voulez pas m'écouter ?

*A ce moment une forte détonation se fait enten-
dre, les vitres volent en éclats, les montants de la
fenêtre sont arrachés.*

HOEDERER

A plat ventre !

*Il saisit Hugo par les épaules et le jette par terre.
Les deux autres s'aplatissent aussi.*

SCÈNE V

LES MÊMES, LÉON, SLICK, GEORGES,
qui entrent en courant. Plus tard, JESSICA

SLICK

Tu es blessé ?

HOEDERER, *se relevant.*

Non. Personne n'est blessé ? *(A Karsky qui s'est
relevé.)* Vous saignez ?

KARSKY

Ce n'est rien. Des éclats de verre.

GEORGES

Grenade ?

HOEDERER

Grenade ou pétard. Mais ils ont visé trop court. Fouillez le jardin.

HUGO, *tourné vers la fenêtre, pour lui-même.*

Les salauds ! Les salauds !

Léon et Georges sautent par la fenêtre.

HOEDERER, *au Prince.*

J'attendais quelque chose de ce genre, mais je regrette qu'ils aient choisi ce moment.

LE PRINCE

Bah ! Ça me rappelle le palais de mon père. Karsky ! Ce sont vos hommes qui ont fait le coup ?

KARSKY

Vous êtes fou ?

HOEDERER

C'est moi qu'on visait ; cette affaire ne regarde que moi. *(A Karsky.)* Vous voyez : mieux vaut prendre des précautions. *(Il le regarde.)* Vous saignez beaucoup.

Jessica entre, essoufflée.

JESSICA

Hoederer est tué ?

HOEDERER

Votre mari n'a rien. *(A Karsky.)* Léon vous fera monter dans ma chambre et vous pansera, et puis nous reprendrons cet entretien.

SLICK

Vous devriez tous monter, parce qu'ils peuvent remettre ça. Vous causerez pendant que Léon le pansera.

HOEDERER

Soit.

Georges et Léon entrent par la fenêtre.

Alors ?

GEORGES

Pétard. Ils l'ont jeté du jardin et puis ils ont calté. C'est le mur qui a tout pris.

HUGO

Les salauds.

HOEDERER

Montons. *(Ils se dirigent vers la porte. Hugo va pour les suivre.)* Pas toi.

Ils se regardent, puis Hoederer se détourne et sort.

SCÈNE VI

HUGO, JESSICA, GEORGES et SLICK

HUGO, *entre ses dents.*

Les salauds.

SLICK

Hein ?

HUGO

Les gens qui ont lancé le pétard, ce sont des salauds.

Il va se verser à boire.

SLICK

Un peu nerveux, hein ?

HUGO

Bah !

SLICK

Il n'y a pas de honte. C'est le baptême du feu. Tu t'y feras.

GEORGES

Faut même qu'on te dise : à la longue, ça distrait. Pas vrai, Slick ?

SLICK

Ça change, ça réveille, ça dégourdit les jambes.

HUGO

Je ne suis pas nerveux. Je râle.

Il boit.

JESSICA

Après qui, ma petite abeille ?

HUGO

Après les salauds qui ont lancé le pétard.

SLICK

Tu as de la bonté de reste : nous autres, il y a longtemps qu'on ne râle plus.

GEORGES

C'est notre gagne-pain : si c'était pas d'eux autres, nous, on ne serait pas ici.

HUGO

Tu vois : tout le monde est calme, tout le monde est content. Il saignait comme un cochon, il s'essuyait la joue en souriant, il disait : « Ce n'est rien. » Ils ont du courage. Ce sont les plus grands fils de putain de la terre et ils ont du courage, juste ce qu'il faut pour t'empêcher de les mépriser jusqu'au bout. *(Tristement.)* C'est un casse-tête. *(Il boit.)* Les vertus et les vices ne sont pas équitablement répartis.

JESSICA

Tu n'es pas lâche, mon âme.

HUGO

Je ne suis pas lâche, mais je ne suis pas courageux non plus. Trop de nerfs. Je voudrais m'endormir et rêver que je suis Slick. Regarde : cent kilos de chair et une noisette dans la boîte crânienne, une vraie baleine. La noisette, là-haut, elle envoie des signaux de peur et de colère, mais ils se perdent dans cette masse. Ça le chatouille, c'est tout.

SLICK, *riant.*

Tu l'entends.

GEORGES, *riant.*

Il n'a pas tort.

Hugo boit.

JESSICA

Hugo.

HUGO

Hé ?

JESSICA

Ne bois plus.

HUGO

Pourquoi ? Je n'ai plus rien à faire. Je suis relevé de mes fonctions.

JESSICA

Hoederer t'a relevé de tes fonctions ?

HUGO

Hoederer ? Qui parle d'Hoederer ? Tu peux penser ce
que tu veux d'Hoederer, mais c'est un homme qui m'a
fait confiance. Tout le monde ne peut pas en dire
autant. *(Il boit. Puis va vers Slick.)* Il y a des gens qui te
donnent une mission de confiance, hein, et tu te casses
le cul pour l'accomplir et puis, au moment où tu vas
réussir, tu t'aperçois qu'ils se foutaient de toi et qu'ils
ont fait faire la besogne par d'autres.

JESSICA

Veux-tu te taire ! Tu ne vas pas leur raconter tes
histoires de ménage.

HUGO

De ménage ? Ha ! *(Déridé.)* Elle est merveilleuse !

JESSICA

C'est de moi qu'il parle. Voilà deux ans qu'il me
reproche de ne pas lui faire confiance.

HUGO, *à Slick.*

C'est une tête, hein ? *(A Jessica.)* Non, tu ne me fais
pas confiance. Est-ce que tu me fais confiance ?

JESSICA

Certainement pas en ce moment.

HUGO

Personne ne me fait confiance. Je dois avoir quelque
chose de travers dans la gueule. Dis-moi que tu
m'aimes.

JESSICA

Pas devant eux.

SLICK

Ne vous gênez pas pour nous.

HUGO

Elle ne m'aime pas. Elle ne sait pas ce que c'est que l'amour. C'est un ange. Une statue de sel.

SLICK

Une statue de sel ?

HUGO

Non, je voulais dire une statue de neige. Si tu la caresses, elle fond.

GEORGES

Sans blague.

JESSICA

Viens, Hugo. Rentrons.

HUGO

Attends, je vais donner un conseil à Slick. Je l'aime bien, Slick, je l'ai à la bonne, parce qu'il est fort et qu'il ne pense pas. Tu veux un conseil, Slick ?

SLICK

Si je ne peux pas l'éviter.

HUGO

Écoute : ne te marie pas trop jeune.

SLICK

Ça ne risque rien.

HUGO, *qui commence à être saoul.*

Non, mais écoute : ne te marie pas trop jeune. Tu comprends ce que je veux dire, hein ? Ne te marie pas trop jeune. Te charge pas de ce que tu ne peux pas faire. Après, ça pèse trop lourd. Tout est si lourd. Je ne sais pas si vous avez remarqué : c'est pas commode d'être jeune. *(Il rit.)* Mission de confiance. Dis ! où elle est la confiance ?

GEORGES

Quelle mission ?

HUGO

Ah ! Je suis chargé de mission.

GEORGES

Quelle mission ?

HUGO

Ils veulent me faire parler, mais avec moi c'est du temps perdu. Je suis impénétrable. *(Il se regarde dans la glace.)* Impénétrable ! Une gueule parfaitement inexpressive. La gueule de tout le monde. Ça devrait se voir, bon Dieu ! Ça devrait se voir !

GEORGES

Quoi ?

HUGO

Que je suis chargé d'une mission de confiance.

GEORGES

Slick ?

SLICK

Hmm...

JESSICA, *tranquillement.*

Ne vous cassez pas la tête : ça veut dire que je vais avoir un enfant. Il se regarde dans la glace pour voir s'il a l'air d'un père de famille.

HUGO

Formidable ! Un père de famille ! C'est ça. C'est tout à fait ça. Un père de famille. Elle et moi nous nous entendons à demi-mot. Impénétrable ! ça devrait se reconnaître un... père de famille. A quelque chose. Un air sur le visage. Un goût dans la bouche. Une ronce dans le cœur. *(Il boit.)* Pour Hoederer, je regrette. Parce

que, je vous le dis, il aurait pu m'aider. *(Il rit.)* Dites :
ils sont là-haut qui causent et Léon lave le sale groin de
Karsky. Mais vous êtes donc des bûches ? Tirez-moi
dessus.

SLICK, *à Jessica.*

Ce petit gars-là ne devrait pas boire.

GEORGES

Ça ne lui réussit pas.

HUGO

Tirez sur moi, je vous dis. C'est votre métier. Écoutez
donc : un père de famille, c'est jamais un vrai père de
famille. Un assassin c'est jamais tout à fait un assassin.
Ils jouent, vous comprenez. Tandis qu'un mort, c'est
un mort pour de vrai. Être ou ne pas être, hein ? Vous
voyez ce que je veux dire. Il n'y a rien que je puisse être
sinon un mort avec six pieds de terre par-dessus la tête.
Tout ça, je vous le dis, c'est de la comédie. *(Il s'arrête
brusquement.)* Et ça aussi c'est de la comédie. Tout ça !
Tout ce que je vous dis là. Vous croyez peut-être que je
suis désespéré ? Pas du tout : je joue la comédie du
désespoir. Est-ce qu'on peut en sortir ?

JESSICA

Est-ce que tu veux rentrer ?

HUGO

Attends. Non. Je ne sais pas... Comment peut-on
dire : je veux ou je ne veux pas ?

JESSICA, *remplissant un verre.*

Alors bois.

HUGO

Bois.

Il boit.

SLICK

Vous n'êtes pas cinglée de le faire boire ?

JESSICA

C'est pour en finir plus vite. A présent, il n'y a plus qu'à attendre.

Hugo vide le verre, Jessica le remplit.

HUGO, *saoul.*

Qu'est-ce que je disais ? Je parlais d'assassin ? Jessica et moi nous savons ce que ça veut dire. La vérité c'est que ça cause trop là-dedans. *(Il se frappe le front.)* Je voudrais le silence. *(A Slick.)* Ce qu'il doit faire bon dans ta tête : pas un bruit, la nuit noire. Pourquoi tournez-vous si vite ? Ne riez pas : Je sais que je suis saoul, je sais que je suis abject. Je vais vous dire : je ne voudrais pas être à ma place. Oh ! mais non. Ça n'est pas une bonne place. Ne tournez pas ! Le tout c'est d'allumer la mèche. Ça n'a l'air de rien mais je ne vous souhaite pas d'en être chargés. La mèche, tout est là. Allumer la mèche. Après, tout le monde saute et moi avec : plus besoin d'alibi, le silence, la nuit. A moins que les morts aussi ne jouent la comédie. Supposez qu'on meure et qu'on découvre que les morts sont des vivants qui jouent à être morts ! On verra. On verra. Seulement faut allumer la mèche. C'est le moment psychologique. *(Il rit.)* Mais ne tournez pas, bon Dieu ! ou bien je tourne aussi. *(Il essaie de tourner et tombe sur une chaise.)* Et voilà les bienfaits d'une éducation bourgeoise.

Sa tête oscille. Jessica s'approche et le regarde.

JESSICA

Bon. C'est fini. Voulez-vous m'aider à le porter dans son lit.

Slick la regarde en se grattant le crâne.

SLICK

Il cause trop votre mari.

JESSICA

Vous ne le connaissez pas. Rien de ce qu'il dit n'a d'importance.

Slick et Georges le soulèvent par les épaules et les pieds.

Rideau.

CINQUIÈME TABLEAU

Dans le pavillon

Hugo est étendu dans son lit, tout habillé, sous une couverture. Il dort. Il s'agite et gémit dans son sommeil. Jessica est assise à son chevet, immobile. Il gémit encore ; elle se lève et va dans le cabinet de toilette. On entend l'eau qui coule, Olga est cachée derrière les rideaux de la fenêtre. Elle écarte les rideaux, elle passe la tête. Elle se décide et s'approche de Hugo. Elle le regarde. Hugo gémit. Olga lui redresse la tête et arrange son oreiller. Jessica revient sur ces entrefaites et voit la scène. Jessica tient une compresse humide.

SCÈNE PREMIÈRE

HUGO, JESSICA, puis OLGA

JESSICA

Quelle sollicitude ! Bonjour, Madame.

OLGA

Ne criez pas. Je suis...

JESSICA

Je n'ai pas envie de crier. Asseyez-vous donc. J'aurais plutôt envie de rire.

OLGA

Je suis Olga Lorame.

JESSICA

Je m'en suis doutée.

OLGA

Hugo vous a parlé de moi ?

JESSICA

Oui.

OLGA

Il est blessé ?

JESSICA

Non : il est saoul. *(Passant devant Olga.)* Vous permettez ?

> *Elle pose la compresse sur le front de Hugo.*

OLGA

Pas comme ça.

> *Elle arrange la compresse.*

JESSICA

Excusez-moi.

OLGA

Et Hoederer ?

JESSICA

Hoederer ? Mais asseyez-vous, je vous en prie. *(Olga s'assied.)* C'est vous qui avez lancé cette bombe, Madame ?

OLGA

Oui.

JESSICA

Personne n'est tué : vous aurez plus de chance une autre fois. Comment êtes-vous entrée ici ?

OLGA

Par la porte. Vous l'avez laissée ouverte quand vous êtes sortie. Il ne faut jamais laisser les portes ouvertes.

JESSICA, *désignant Hugo.*

Vous saviez qu'il était dans le bureau ?

OLGA

Non.

JESSICA

Mais vous saviez qu'il pouvait y être ?

OLGA

C'était un risque à courir.

JESSICA

Avec un peu de veine, vous l'auriez tué.

OLGA

C'est ce qui pouvait lui arriver de mieux.

JESSICA

Vraiment ?

OLGA

Le Parti n'aime pas beaucoup les traîtres.

JESSICA

Hugo n'est pas un traître.

OLGA

Je le crois. Mais je ne peux pas forcer les autres à le croire. *(Un temps.)* Cette affaire traîne : il y a huit jours qu'elle devrait être terminée.

JESSICA

Il faut trouver une occasion.

OLGA

Les occasions, on les fait naître.

JESSICA

C'est le Parti qui vous a envoyée ?

OLGA

Le Parti ne sait pas que je suis ici : je suis venue de moi-même.

JESSICA

Je vois : vous avez mis une bombe dans votre sac à main et vous êtes venue gentiment la jeter sur Hugo pour sauver sa réputation.

OLGA

Si j'avais réussi on aurait pensé qu'il s'était fait sauter avec Hoederer.

JESSICA

Oui, mais il serait mort.

OLGA

De quelque manière qu'il s'y prenne, à présent, il n'a plus beaucoup de chances de s'en tirer.

JESSICA

Vous avez l'amitié lourde.

OLGA

Sûrement plus lourde que votre amour. *(Elles se regardent.)* C'est vous qui l'avez empêché de faire son travail ?

JESSICA

Je n'ai rien empêché du tout.

OLGA

Mais vous ne l'avez pas aidé non plus.

JESSICA

Pourquoi l'aurais-je aidé ? Est-ce qu'il m'a consultée avant d'entrer au Parti ? Et quand il a décidé qu'il n'avait rien de mieux à faire de sa vie que d'aller assassiner un inconnu, est-ce qu'il m'a consultée ?

OLGA

Pourquoi vous aurait-il consultée ? Quel conseil auriez-vous pu lui donner ?

JESSICA

Évidemment.

OLGA

Il a choisi ce Parti ; il a demandé cette mission : ça devrait vous suffire.

JESSICA

Ça ne me suffit pas.

Hugo gémit.

OLGA

Il ne va pas bien. Vous n'auriez pas dû le laisser boire.

JESSICA

Il irait encore plus mal s'il avait reçu un éclat de votre bombe dans la figure. *(Un temps.)* Quel dommage qu'il ne vous ait pas épousée : c'est une femme de tête qu'il lui fallait. Il serait resté dans votre chambre à repasser vos combinaisons pendant que vous auriez été jeter des grenades aux carrefours et nous aurions tous été très heureux. *(Elle la regarde.)* Je vous croyais grande et osseuse.

OLGA

Avec des moustaches ?

JESSICA

Sans moustaches mais avec une verrue sous le nez. Il avait toujours l'air si important quand il sortait de chez vous. Il disait : « Nous avons parlé politique. »

OLGA

Avec vous, naturellement, il n'en parlait jamais.

JESSICA

Vous pensez bien qu'il ne m'a pas épousée pour ça. *(Un temps.)* Vous êtes amoureuse de lui, n'est-ce pas ?

OLGA

Qu'est-ce que l'amour vient faire ici ? Vous lisez trop de romans.

JESSICA

Il faut bien s'occuper quand on ne fait pas de politique.

OLGA

Rassurez-vous ; l'amour ne tracasse pas beaucoup les femmes de tête. Nous n'en vivons pas.

JESSICA

Tandis que moi, j'en vis ?

OLGA

Comme toutes les femmes de cœur.

JESSICA

Va pour femme de cœur. J'aime mieux mon cœur que votre tête.

OLGA

Pauvre Hugo !

JESSICA

Oui. Pauvre Hugo ! Comme vous devez me détester, Madame.

OLGA

Moi ? Je n'ai pas de temps à perdre. *(Un silence.)* Réveillez-le. J'ai à lui parler.

JESSICA, *s'approche du lit et secoue Hugo.*

Hugo, Hugo ! Tu as des visites.

HUGO

Hein ! *(Il se redresse.)* Olga ! Olga, tu es venue ! Je suis content que tu sois là, il faut que tu m'aides. *(Il s'assied sur le bord du lit.)* Bon Dieu que j'ai mal au crâne. Où sommes-nous ? Je suis content que tu sois venue, tu sais. Attends : il est arrivé quelque chose, un gros ennui. Tu ne peux plus m'aider. A présent, tu ne peux plus m'aider. Tu as lancé le pétard, n'est-ce pas ?

OLGA

Oui.

HUGO

Pourquoi ne m'avez-vous pas fait confiance ?

OLGA

Hugo, dans un quart d'heure, un camarade jettera une corde par-dessus le mur et il faudra que je m'en aille. Je suis pressée et il faut que tu m'écoutes.

HUGO

Pourquoi ne m'avez-vous pas fait confiance ?

OLGA

Jessica, donnez-moi ce verre et cette carafe.

Jessica les lui donne. Elle remplit le verre et jette l'eau à la figure de Hugo.

HUGO

Pfou !

OLGA

Tu m'écoutes ?

HUGO

Oui. *(Il s'essuie.)* Qu'est-ce que je tiens comme mal au crâne. Il reste de l'eau dans la carafe ?

JESSICA

Oui.

HUGO

Verse-moi à boire, veux-tu ? *(Elle lui tend le verre et il boit.)* Qu'est-ce qu'ils pensent, les copains ?

OLGA

Que tu es un traître.

HUGO

Ils vont fort.

OLGA

Tu n'as plus un jour à perdre. L'affaire doit être réglée avant demain soir.

HUGO

Tu n'aurais pas dû lancer le pétard.

OLGA

Hugo, tu as voulu te charger d'une tâche difficile et t'en charger seul. J'ai eu confiance la première, quand il y avait cent raisons de te refuser et j'ai communiqué ma confiance aux autres. Mais nous ne sommes pas des boy-scouts et le Parti n'a pas été créé pour te fournir des occasions d'héroïsme. Il y a un travail à faire et il faut qu'il soit fait ; peu importe par qui. Si dans vingt-quatre heures tu n'as pas terminé ta besogne, on enverra quelqu'un pour la finir à ta place.

HUGO

Si on me remplace, je quitterai le Parti.

OLGA

Qu'est-ce que tu t'imagines ? Crois-tu qu'on peut quitter le Parti ? Nous sommes en guerre, Hugo, et les camarades ne rigolent pas. Le Parti, ça se quitte les pieds devant.

HUGO

Je n'ai pas peur de mourir.

OLGA

Ce n'est rien de mourir. Mais mourir si bêtement, après avoir tout raté ; se faire buter comme une

donneuse, pis encore, comme un petit imbécile dont on
se débarrasse par crainte de ses maladresses. Est-ce
que c'est ça que tu veux ? Est-ce que c'est ça que tu
voulais, la première fois que tu es venu chez moi,
quand tu avais l'air si heureux et si fier ? Mais dites-le-
lui, vous ! Si vous l'aimez un peu, vous ne pouvez pas
vouloir qu'on l'abatte comme un chien.

JESSICA

Vous savez bien, Madame, que je n'entends rien à la
politique.

OLGA

Qu'est-ce que tu décides ?

HUGO

Tu n'aurais pas dû jeter ce pétard.

OLGA

Qu'est-ce que tu décides ?

HUGO

Vous le saurez demain.

OLGA

C'est bon. Adieu, Hugo.

HUGO

Adieu, Olga.

JESSICA

Au revoir, Madame.

OLGA

Éteignez. Il ne faut pas qu'on me voie sortir.

Jessica éteint. Olga ouvre la porte et sort.

SCÈNE II

HUGO, JESSICA

JESSICA

Je rallume?

HUGO

Attends. Elle sera peut-être obligée de revenir.

Ils attendent dans le noir.

JESSICA

On pourrait entrouvrir les volets, pour voir.

HUGO

Non.

Un silence.

JESSICA

Tu as de la peine? *(Hugo ne répond pas.)* Réponds, pendant qu'il fait noir.

HUGO

J'ai mal au crâne, c'est tout. *(Un temps.)* Ça n'est pas grand-chose, la confiance, quand ça ne résiste pas à huit jours d'attente.

JESSICA

Pas grand-chose, non.

HUGO

Et comment veux-tu vivre, si personne ne te fait confiance?

JESSICA

Personne ne m'a jamais fait confiance, toi moins que les autres. Je me suis tout de même arrangée.

HUGO

C'était la seule qui croyait un peu en moi.

JESSICA

Hugo...

HUGO

La seule, tu le sais bien. *(Un temps.)* Elle doit être en sûreté à présent. Je crois qu'on peut rallumer. *(Il rallume, Jessica se détourne brusquement.)* Qu'est-ce qu'il y a ?

JESSICA

Ça me gêne de te voir à la lumière.

HUGO

Veux-tu que j'éteigne ?

JESSICA

Non. *(Elle revient vers lui.)* Toi. Toi, tu vas tuer un homme.

HUGO

Est-ce que je sais ce que je vais faire ?

JESSICA

Montre-moi le revolver.

HUGO

Pourquoi ?

JESSICA

Je veux voir comment c'est fait.

HUGO

Tu l'as promené sur toi tout l'après-midi.

JESSICA

A ce moment-là, ce n'était qu'un jouet.

HUGO, *le lui tendant.*

Fais attention.

JESSICA

Oui. *(Elle le regarde.)* C'est drôle.

HUGO

Qu'est-ce qui est drôle ?

JESSICA

Il me fait peur à présent. Reprends-le. *(Un temps.)* Tu vas tuer un homme.

Hugo se met à rire.

JESSICA

Pourquoi ris-tu ?

HUGO

Tu y crois à présent ! Tu t'es décidée à y croire ?

JESSICA

Oui.

HUGO

Tu as bien choisi ton moment : personne n'y croit plus. *(Un temps.)* Il y a huit jours, ça m'aurait peut-être aidé...

JESSICA

Ce n'est pas ma faute : je ne crois que ce que je vois. Ce matin encore, je ne pouvais même pas imaginer qu'il meure. *(Un temps.)* Je suis entrée dans le bureau tout à l'heure, il y avait le type qui saignait et vous étiez tous des morts. Hoederer, c'était un mort ; je l'ai vu sur son visage ! Si ce n'est pas toi qui le tues, ils enverront quelqu'un d'autre.

HUGO

Ce sera moi. *(Un temps.)* Le type qui saignait, c'était sale, hein ?

JESSICA

Oui. C'était sale.

HUGO

Hoederer aussi va saigner.

JESSICA

Tais-toi.

HUGO

Il sera couché par terre avec un air idiot et il saignera dans ses vêtements.

JESSICA, *d'une voix lente et basse.*

Mais tais-toi donc.

HUGO

Elle a jeté un pétard contre le mur. Il n'y a pas de quoi être fière : elle ne nous voyait même pas. N'importe qui peut tuer si on ne l'oblige pas à voir ce qu'il fait. J'allais tirer, moi. J'étais dans le bureau, je les regardais en face et j'allais tirer ; c'est elle qui m'a fait manquer mon coup.

JESSICA

Tu allais tirer pour de bon ?

HUGO

J'avais la main dans ma poche et le doigt sur la gâchette.

JESSICA

Et tu allais tirer ! Tu es sûr que tu aurais pu tirer ?

HUGO

Je... j'avais la chance d'être en colère. Naturellement, j'allais tirer. A présent tout est à recommencer. *(Il rit.)* Tu l'as entendue : ils disent que je suis un traître. Ils ont beau jeu : là-bas, quand ils décident qu'un homme va mourir, c'est comme s'ils rayaient un nom sur un annuaire : c'est propre, c'est élégant. Ici, la mort est une besogne. Les abattoirs, c'est ici. *(Un temps.)* Il boit, il fume, il me parle du Parti, il fait des projets et moi je pense au cadavre qu'il sera, c'est obscène. Tu as vu ses yeux ?

JESSICA

Oui.

HUGO

Tu as vu comme ils sont brillants et durs ? Et vifs ?

JESSICA

Oui.

HUGO

C'est peut-être dans ses yeux que je tirerai. On vise le ventre, tu sais, mais l'arme se relève.

JESSICA

J'aime ses yeux.

HUGO, *brusquement.*

C'est abstrait.

JESSICA

Quoi ?

HUGO

Un meurtre, je dis que c'est abstrait. Tu appuies sur la gâchette et après ça tu ne comprends plus rien à ce qui arrive. *(Un temps.)* Si l'on pouvait tirer en détournant la tête. *(Un temps.)* Je me demande pourquoi je te parle de tout ça.

JESSICA

Je me le demande aussi.

HUGO

Je m'excuse. *(Un temps.)* Pourtant si j'étais dans ce lit, en train de crever, tu ne m'abandonnerais tout de même pas ?

JESSICA

Non.

HUGO

C'est la même chose ; tuer, mourir, c'est la même chose : on est aussi seul. Il a de la veine, lui, il ne mourra qu'une fois. Moi, voilà dix jours que je le tue, à chaque minute. *(Brusquement.)* Qu'est-ce que tu ferais, Jessica ?

JESSICA

Comment ?

HUGO

Écoute : si demain je n'ai pas tué, il faut que je disparaisse ou alors que j'aille les trouver et que je leur dise : faites de moi ce que vous voudrez. Si je tue... *(Il se cache un instant le visage avec la main.)* Qu'est-ce qu'il faut que je fasse ? Que ferais-tu ?

JESSICA

Moi ? Tu me le demandes à moi ce que je ferais à ta place ?

HUGO

A qui veux-tu que je le demande ? Je n'ai plus que toi au monde.

JESSICA

C'est vrai. Tu n'as plus que moi. Plus que moi. Pauvre Hugo. *(Un temps.)* J'irais trouver Hoederer et je lui dirais : voilà, on m'a envoyé ici pour vous tuer mais j'ai changé d'avis et je veux travailler avec vous.

HUGO

Pauvre Jessica !

JESSICA

Ce n'est pas possible ?

HUGO

C'est justement ça qui s'appellerait trahir.

JESSICA, *tristement.*

Tu vois ! Je ne peux rien te dire. *(Un temps.)* Pourquoi n'est-ce pas possible ? Parce qu'il n'a pas tes idées ?

HUGO

Si tu veux. Parce qu'il n'a pas mes idées.

JESSICA

Et il faut tuer les gens qui n'ont pas vos idées ?

HUGO

Quelquefois.

JESSICA

Mais pourquoi as-tu choisi les idées de Louis et d'Olga ?

HUGO

Parce qu'elles étaient vraies.

JESSICA

Mais, Hugo, suppose que tu aies rencontré Hoederer l'an dernier, au lieu de Louis. Ce sont ses idées à lui qui te sembleraient vraies.

HUGO

Tu es folle.

JESSICA

Pourquoi ?

HUGO

On croirait à t'entendre que toutes les opinions se valent et qu'on les attrape comme des maladies.

JESSICA

Je ne pense pas ça ; je... je ne sais pas ce que je pense. Hugo, il est si fort, il suffit qu'il ouvre la bouche pour

qu'on soit sûr qu'il a raison. Et puis je croyais qu'il
était sincère et qu'il voulait le bien du Parti.

HUGO

Ce qu'il veut, ce qu'il pense, je m'en moque. Ce qui
compte c'est ce qu'il fait.

JESSICA

Mais...

HUGO

Objectivement, il agit comme un social-traître.

JESSICA, *sans comprendre.*

Objectivement ?

HUGO

Oui.

JESSICA

Ah ? *(Un temps.)* Et lui, s'il savait ce que tu prépares.
est-ce qu'il penserait que tu es un social-traître ?

HUGO

Je n'en sais rien.

JESSICA

Mais est-ce qu'il le penserait ?

HUGO

Qu'est-ce que ça peut faire ? Oui, probablement.

JESSICA

Alors, qui a raison ?

HUGO

Moi.

JESSICA

Comment le sais-tu ?

HUGO

La politique est une science. Tu peux démontrer que
tu es dans le vrai et que les autres se trompent.

JESSICA

Dans ce cas pourquoi hésites-tu?

HUGO

Ce serait trop long à t'expliquer.

JESSICA

Nous avons la nuit.

HUGO

Il faudrait des mois et des années.

JESSICA

Ah? *(Elle va aux livres.)* Et tout est écrit là-dedans?

HUGO

En un sens, oui. Il suffit de savoir lire.

JESSICA

Mon Dieu! *(Elle en prend un, l'ouvre, le regarde
fascinée, et le repose en soupirant.)* Mon Dieu!

HUGO

A présent, laisse-moi. Dors ou fais ce que tu veux.

JESSICA

Qu'est-ce qu'il y a? Qu'est-ce que j'ai dit?

HUGO

Rien. Tu n'as rien dit. C'est moi qui suis coupable:
c'était une folie de te demander de l'aide. Tes conseils
viennent d'un autre monde.

JESSICA

A qui la faute? Pourquoi ne m'a-t-on rien appris?
Pourquoi ne m'as-tu rien expliqué? Tu as entendu ce

qu'il a dit ? Que j'étais ton luxe. Voilà dix-neuf ans qu'on m'a installée dans votre monde d'hommes avec défense de toucher aux objets exposés et vous m'avez fait croire que tout marchait très bien et que je n'avais à m'occuper de rien sauf de mettre des fleurs dans les vases. Pourquoi m'avez-vous menti ? Pourquoi m'avez-vous laissée dans l'ignorance, si c'était pour m'avouer un beau jour que ce monde craque de partout et que vous êtes des incapables et pour m'obliger à choisir entre un suicide et un assassinat. Je ne veux pas choisir : je ne veux pas que tu te laisses tuer, je ne veux pas que tu le tues. Pourquoi m'a-t-on mis ce fardeau sur les épaules ? Je ne connais rien à vos histoires et je m'en lave les mains. Je ne suis ni oppresseur, ni social-traître, ni révolutionnaire, je n'ai rien fait, je suis innocente de tout.

HUGO

Je ne te demande plus rien, Jessica.

JESSICA

C'est trop tard, Hugo ; tu m'as mise dans le coup. A présent, il faut que je choisisse. Pour toi et pour moi : c'est ma vie que je choisis avec la tienne et je... Oh ! mon Dieu ! je ne peux pas.

HUGO

Tu vois bien.

> *Un silence. Hugo est assis sur le lit, les yeux dans le vide. Jessica s'assied près de lui et lui met les bras autour du cou.*

JESSICA

Ne dis rien. Ne t'occupe pas de moi. Je ne te parlerai pas ; je ne t'empêcherai pas de réfléchir. Mais je serai là. Il fait froid au matin : tu seras content d'avoir un peu de ma chaleur, puisque je n'ai rien d'autre à te donner. Ta tête te fait toujours mal ?

HUGO

Oui

JESSICA

Mets-la sur mon épaule. Ton front brûle. *(Elle lui caresse les cheveux.)* Pauvre tête !

HUGO, *se redressant brusquement.*

Assez !

JESSICA, *doucement.*

Hugo !

HUGO

Tu joues à la mère de famille.

JESSICA

Je ne joue pas. Je ne jouerai plus jamais.

HUGO

Ton corps est froid et tu n'as pas de chaleur à me donner. Ce n'est pas difficile de se pencher sur un homme avec un air maternel et de lui passer la main dans les cheveux ; n'importe quelle fillette rêverait d'être à ta place. Mais quand je t'ai prise dans mes bras et que je t'ai demandé d'être ma femme, tu ne t'en es pas si bien tirée.

JESSICA

Tais-toi.

HUGO

Pourquoi me tairais-je ? Est-ce que tu ne sais pas que notre amour était une comédie ?

JESSICA

Ce qui compte, cette nuit, ce n'est pas notre amour : c'est ce que tu feras demain.

HUGO

Tout se tient. Si j'avais été sûr... *(Brusquement.)* Jessica, regarde-moi. Peux-tu me dire que tu m'aimes ?

(Il la regarde. Silence.) Et voilà. Je n'aurai même pas eu ça.

JESSICA

Et toi, Hugo ? Crois-tu que tu m'aimais ? *(Il ne répond pas.)* Tu vois bien. *(Un temps. Brusquement.)* Pourquoi n'essaies-tu pas de le convaincre ?

HUGO

De le convaincre ? Qui ? Hoederer ?

JESSICA

Puisqu'il se trompe, tu dois pouvoir le lui prouver.

HUGO

Penses-tu ! Il est trop chinois.

JESSICA

Comment sais-tu que tes idées sont justes si tu ne peux pas le démontrer ? Hugo, ce serait si bien, tu réconcilierais tout le monde, tout le monde serait content, vous travailleriez tous ensemble. Essaie, Hugo, je t'en prie. Essaie au moins une fois avant de le tuer.

> *On frappe. Hugo se redresse et ses yeux brillent.*

HUGO

C'est Olga. Elle est revenue ; j'étais sûr qu'elle reviendrait. Éteins la lumière et va ouvrir.

JESSICA

Comme tu as besoin d'elle.

> *Elle va éteindre et ouvre la porte. Hoederer entre. Hugo rallume quand la porte est fermée.*

SCÈNE III

HUGO, JESSICA, HOEDERER

JESSICA, *reconnaisant Hoederer.*

Ha !

HOEDERER

Je t'ai fait peur ?

JESSICA

Je suis nerveuse, ce soir. Il y a eu cette bombe...

HOEDERER

Ouï. Bien sûr. Vous avez l'habitude de rester dans le noir ?

JESSICA

J'y suis forcée. Mes yeux sont très fatigués.

HOEDERER

Ah ! *(Un temps.)* Je peux m'asseoir un moment ? *(Il s'assied dans le fauteuil.)* Ne vous gênez pas pour moi.

HUGO

Vous avez quelque chose à me dire ?

HOEDERER

Non. Non, non. Tu m'as fait rire tout à l'heure : tu étais rouge de colère.

HUGO

Je...

HOEDERER

Ne t'excuse pas : je m'y attendais. Je me serais même inquiété si tu n'avais pas protesté. Il y a beaucoup de choses qu'il faudra que je t'explique. Mais demain. Demain nous parlerons tous les deux. A présent ta journée est finie. La mienne aussi. Drôle de journée, hein ? Pourquoi n'accrochez-vous pas de gravures aux murs ? Ça ferait moins nu. Il y en a au grenier. Slick vous les descendra.

JESSICA

Comment sont-elles ?

HOEDERER

Il y a de tout. Tu pourras choisir.

JESSICA

Je vous remercie. Je ne tiens pas aux gravures.

HOEDERER

Comme tu voudras. Vous n'avez rien à boire ?

JESSICA

Non. Je regrette.

HOEDERER

Tant pis ! Tant pis ! Qu'est-ce que vous faisiez avant que j'arrive !

JESSICA

Nous causions.

HOEDERER

Eh bien, causez ! causez ! Ne vous occupez pas de moi. *(Il bourre sa pipe et l'allume. Un silence très lourd. Il sourit.)* Oui, évidemment.

JESSICA

Ce n'est pas très commode de s'imaginer que vous n'êtes pas là.

HOEDERER

Vous pouvez très bien me mettre à la porte. *(A Hugo.)* Tu n'es pas obligé de recevoir ton patron quand il a des lubies. *(Un temps.)* Je ne sais pas pourquoi je suis venu. Je n'avais pas sommeil, j'ai essayé de travailler.. *(Haussant les épaules.)* On ne peut pas travailler tout le temps.

JESSICA

Non.

HOEDERER

Cette affaire va finir...

HUGO, *vivement.*

Quelle affaire?

HOEDERER

L'affaire avec Karsky. Il se fait un peu tirer l'oreille mais ça ira plus vite que je ne pensais.

HUGO, *violemment.*

Vous...

HOEDERER

Chut. Demain! Demain! *(Un temps.)* Quand une affaire est en voie de se terminer, on se sent désœuvré. Vous aviez de la lumière il y a un moment?

JESSICA

Oui.

HOEDERER

Je m'étais mis à la fenêtre. Dans le noir, pour ne pas servir de cible. Vous avez vu comme la nuit est sombre et calme? La lumière passait par la fente de vos volets. *(Un temps.)* Nous avons vu la mort de près.

JESSICA

Oui.

HOEDERER, *avec un petit rire.*

De tout près. *(Un temps.)* Je suis sorti tout doucement de ma chambre. Slick dormait dans le couloir. Dans le

salon, Georges dormait. Léon dormait dans le vestibule. J'avais envie de le réveiller et puis... Bah! *(Un
temps.)* Alors voilà : je suis venu. *(A Jessica.)* Qu'est-ce
qu'il y a? Tu avais l'air moins intimidée cet après-
midi.

JESSICA

C'est à cause de l'air que vous avez.

HOEDERER

Quel air?

JESSICA

Je croyais que vous n'aviez besoin de personne.

HOEDERER

Je n'ai besoin de personne. *(Un temps.)* Slick m'a dit
que tu étais enceinte?

JESSICA, *vivement.*

Ce n'est pas vrai.

HUGO

Voyons, Jessica, si tu l'as dit à Slick, pourquoi le
cacher à Hoederer?

JESSICA

Je me suis moquée de Slick.

HOEDERER, *la regarde longuement.*

Bon. *(Un temps.)* Quand j'étais député au Landstag,
j'habitais chez un garagiste. Le soir je venais fumer la
pipe dans leur salle à manger. Il y avait une radio, les
enfants jouaient... *(Un temps.)* Allons, je vais me coucher. C'était un mirage.

JESSICA

Qu'est-ce qui était un mirage?

HOEDERER, *avec un geste.*

Tout ça. Vous aussi. Il faut travailler, c'est tout ce
qu'on peut faire. Tu téléphoneras au village, pour que
le menuisier vienne réparer la fenêtre du bureau. *(Il le
regarde.)* Tu as l'air éreinté. Il paraît que tu t'es saoulé ?
Dors cette nuit. Tu n'as pas besoin de venir avant neuf
heures.

> *Il se lève. Hugo fait un pas. Jessica se jette entre
> eux.*

JESSICA

Hugo, c'est le moment.

HUGO

Quoi ?

JESSICA

Tu m'as promis de le convaincre.

HOEDERER

De me convaincre ?

HUGO

Tais-toi.

> *Il essaie de l'écarter. Elle se met devant lui.*

JESSICA

Il n'est pas d'accord avec vous.

HOEDERER, *amusé.*

Je m'en suis aperçu.

JESSICA

Il voudrait vous expliquer.

HOEDERER

Demain ! Demain !

JESSICA

Demain il sera trop tard.

HOEDERER

Pourquoi ?

JESSICA, *toujours devant Hugo.*

Il... il dit qu'il ne veut plus vous servir de secrétaire
si vous ne l'écoutez pas. Vous n'avez sommeil ni l'un ni
l'autre et vous avez toute la nuit et... et vous avez frôlé
la mort, ça rend plus conciliant.

HUGO

Laisse tomber, je te dis.

JESSICA

Hugo, tu m'as promis ! *(A Hoederer.)* Il dit que vous
êtes un social-traître.

HOEDERER

Un social-traître ! Rien que ça !

JESSICA

Objectivement. Il a dit : objectivement.

HOEDERER, *changeant de ton et de visage.*

Ça va. Eh bien, mon petit gars, dis-moi ce que tu as
sur le cœur, puisqu'on ne peut pas l'empêcher. Il faut
que je règle cette affaire avant d'aller me coucher.
Pourquoi suis-je un traître ?

HUGO

Parce que vous n'avez pas le droit d'entraîner le
Parti dans vos combines.

HOEDERER

Pourquoi pas ?

HUGO

C'est une organisation révolutionnaire et vous allez
en faire un parti de gouvernement.

HOEDERER

Les partis révolutionnaires sont faits pour prendre le pouvoir.

HUGO

Pour le prendre. Oui. Pour s'en emparer par les armes. Pas pour l'acheter par un maquignonnage.

HOEDERER

C'est le sang que tu regrettes ? J'en suis fâché mais tu devrais savoir que nous ne pouvons pas nous imposer par la force. En cas de guerre civile, le Pentagone a les armes et les chefs militaires. Il servirait de cadre aux troupes contre-révolutionnaires.

HUGO

Qui parle de guerre civile ? Hoederer, je ne vous comprends pas ; il suffirait d'un peu de patience. Vous l'avez dit vous-même : l'Armée rouge chassera le Régent et nous aurons le pouvoir pour nous seuls.

HOEDERER

Et comment ferons-nous pour le garder ? *(Un temps.)* Quand l'Armée rouge aura franchi nos frontières, je te garantis qu'il y aura de durs moments à passer.

HUGO

L'Armée rouge...

HOEDERER

Oui, oui. Je sais. Moi aussi, je l'attends. Et avec impatience. Mais il faut bien que tu te le dises : toutes les armées en guerre, libératrices ou non, se ressemblent : elles vivent sur le pays occupé. Nos paysans détesteront les Russes, c'est fatal, comment veux-tu qu'ils nous aiment, nous que les Russes auront imposés ? On nous appellera le parti de l'étranger ou peut-être pis. Le Pentagone rentrera dans la clandestinité ; il n'aura même pas besoin de changer ses slogans.

HUGO

Le Pentagone, je...

HOEDERER

Et puis, il y a autre chose : le pays est ruiné ; il se peut même qu'il serve de champ de bataille. Quel que soit le gouvernement qui succédera à celui du Régent, il devra prendre des mesures terribles qui le feront haïr. Au lendemain du départ de l'Armée rouge, nous serons balayés par une insurrection.

HUGO

Une insurrection, ça se brise. Nous établirons un ordre de fer.

HOEDERER

Un ordre de fer ? Avec quoi ? Même après la Révolution le prolétariat restera le plus faible et pour long-temps. Un ordre de fer ? Avec un parti bourgeois qui fera du sabotage et une population paysanne qui brûlera ses récoltes pour nous affamer ?

HUGO

Et après ? Le Parti bolchevik en a vu d'autres en 17.

HOEDERER

Il n'était pas imposé par l'étranger. Maintenant écoute, petit, et tâche de comprendre ; nous prendrons le pouvoir avec les libéraux de Karsky et les conserva-teurs du Régent. Pas d'histoires, pas de casse : l'Union nationale. Personne ne pourra nous reprocher d'être installés par l'étranger. J'ai demandé la moitié des voix au Comité de Résistance mais je ne ferai pas la sottise de demander la moitié des portefeuilles. Une minorité, voilà ce que nous devons être. Une minorité qui laissera aux autres partis la responsabilité des mesures impopulaires et qui gagnera la population en faisant de l'opposition à l'intérieur du gouvernement. Ils sont coincés : en deux ans tu verras la faillite de la politique libérale et c'est le pays tout entier qui nous demandera de faire notre expérience.

HUGO

Et à ce moment-là le parti sera foutu.

HOEDERER

Foutu ? Pourquoi ?

HUGO

Le Parti a un programme : la réalisation d'une économie socialiste, et un moyen : l'utilisation de la lutte de classes. Vous allez vous servir de lui pour faire une politique de collaboration de classes dans le cadre d'une économie capitaliste. Pendant des années vous allez mentir, ruser, louvoyer, vous irez de compromis en compromis ; vous défendrez devant nos camarades des mesures réactionnaires prises par un gouvernement dont vous ferez partie. Personne ne comprendra : les durs nous quitteront, les autres perdront la culture politique qu'ils viennent d'acquérir. Nous serons contaminés, amollis, désorientés ; nous deviendrons réformistes et nationalistes ; pour finir, les partis bourgeois n'auront qu'à prendre la peine de nous liquider. Hoederer ! Ce Parti, c'est le vôtre, vous ne pouvez pas avoir oublié la peine que vous avez prise pour le forger, les sacrifices qu'il a fallu demander, la discipline qu'il a fallu imposer. Je vous en supplie : ne le sacrifiez pas de vos propres mains.

HOEDERER

Que de bavardages ! Si tu ne veux pas courir de risques il ne faut pas faire de politique.

HUGO

Je ne veux pas courir ces risques-là.

HOEDERER

Parfait : alors comment garder le pouvoir ?

HUGO

Pourquoi le prendre ?

HOEDERER

Es-tu fou ? Une armée socialiste va occuper le pays et tu la laisserais repartir sans profiter de son aide ? C'est une occasion qui ne se reproduira jamais plus : je te dis que nous ne sommes pas assez forts pour faire la Révolution seuls.

HUGO

On ne doit pas pouvoir prendre le pouvoir à ce prix.

HOEDERER

Qu'est-ce que tu veux faire du Parti ? Une écurie de courses ? A quoi ça sert-il de fourbir un couteau tous les jours si l'on n'en use jamais pour trancher ? Un parti, ce n'est jamais qu'un moyen. Il n'y a qu'un seul but : le pouvoir.

HUGO

Il n'y a qu'un seul but : c'est de faire triompher nos idées, toutes nos idées et rien qu'elles.

HOEDERER

C'est vrai : tu as des idées, toi. Ça te passera.

HUGO

Vous croyez que je suis le seul à en avoir ? Ça n'était pas pour des idées qu'ils sont morts, les copains qui se sont fait tuer par la police du Régent ? Vous croyez que nous ne les trahirions pas, si nous faisions servir le Parti à dédouaner leurs assassins ?

HOEDERER

Je me fous des morts. Ils sont morts pour le Parti et le Parti peut décider ce qu'il veut. Je fais une politique de vivant, pour les vivants.

HUGO

Et vous croyez que les vivants accepteront vos combines ?

HOEDERER

On les leur fera avaler tout doucement.

HUGO

En leur mentant ?

HOEDERER

En leur mentant quelquefois.

HUGO

Vous... vous avez l'air si vrai, si solide ! Ça n'est pas possible que vous acceptiez de mentir aux camarades.

HOEDERER

Pourquoi ? Nous sommes en guerre et ça n'est pas l'habitude de mettre le soldat heure par heure au courant des opérations.

HUGO

Hoederer, je... je sais mieux que vous ce que c'est que le mensonge ; chez mon père tout le monde se mentait, tout le monde me mentait. Je ne respire que depuis mon entrée au Parti. Pour la première fois j'ai vu des hommes qui ne mentaient pas aux autres hommes. Chacun pouvait avoir confiance en tous et tous en chacun, le militant le plus humble avait le sentiment que les ordres des dirigeants lui révélaient sa volonté profonde, et s'il y avait un coup dur, on savait pourquoi on acceptait de mourir. Vous n'allez pas...

HOEDERER

Mais de quoi parles-tu ?

HUGO

De notre Parti.

HOEDERER

De notre Parti ? Mais on y a toujours un peu menti. Comme partout ailleurs. Et toi, Hugo, tu es sûr que tu

ne t'es jamais menti, que tu n'as jamais menti, que tu
ne mens pas à cette minute même ?

HUGO

Je n'ai jamais menti aux camarades. Je... A quoi ça
sert de lutter pour la libération des hommes, si on les
méprise assez pour leur bourrer le crâne ?

HOEDERER

Je mentirai quand il faudra et je ne méprise personne. Le mensonge, ce n'est pas moi qui l'ai inventé :
il est né dans une société divisée en classes et chacun
de nous l'a hérité en naissant. Ce n'est pas en refusant
de mentir que nous abolirons le mensonge : c'est en
usant de tous les moyens pour supprimer les classes.

HUGO

Tous les moyens ne sont pas bons.

HOEDERER

Tous les moyens sont bons quand ils sont efficaces.

HUGO

Alors, de quel droit condamnez-vous la politique du
Régent ? Il a déclaré la guerre à l'U.R.S.S. parce que
c'était le moyen le plus efficace de sauvegarder l'indépendance nationale.

HOEDERER

Est-ce que tu t'imagines que je la condamne ? Il a fait
ce que n'importe quel type de sa caste aurait fait à sa
place. Nous ne luttons ni contre des hommes ni contre
une politique mais contre la classe qui produit cette
politique et ces hommes.

HUGO

Et le meilleur moyen que vous ayez trouvé pour
lutter contre elle, c'est de lui offrir de partager le
pouvoir avec vous ?

HOEDERER

Parfaitement. Aujourd'hui, c'est le meilleur moyen. *(Un temps.)* Comme tu tiens à ta pureté, mon petit gars ! Comme tu as peur de te salir les mains. Eh bien, reste pur ! A qui cela servira-t-il et pourquoi viens-tu parmi nous ? La pureté, c'est une idée de fakir et de moine. Vous autres, les intellectuels, les anarchistes bourgeois, vous en tirez prétexte pour ne rien faire. Ne rien faire, rester immobile, serrer les coudes contre le corps, porter des gants. Moi j'ai les mains sales. Jusqu'aux coudes. Je les ai plongées dans la merde et dans le sang. Et puis après ? Est-ce que tu t'imagines qu'on peut gouverner innocemment ?

HUGO

On s'apercevra peut-être un jour que je n'ai pas peur du sang.

HOEDERER

Parbleu : des gants rouges, c'est élégant. C'est le reste qui te fait peur. C'est ce qui pue à ton petit nez d'aristocrate.

HUGO

Et nous y voilà revenus : je suis un aristocrate, un type qui n'a jamais eu faim ! Malheureusement pour vous, je ne suis pas seul de mon avis.

HOEDERER

Pas seul ? Tu savais donc quelque chose de mes négociations avant de venir ici ?

HUGO

N-non. On en avait parlé en l'air, au Parti, et la plupart des types n'étaient pas d'accord et je peux vous jurer que ce n'étaient pas des aristocrates.

HOEDERER

Mon petit, il y a malentendu : je les connais, les gens du Parti qui ne sont pas d'accord avec ma politique et je peux te dire qu'ils sont de mon espèce, pas de la tienne — et tu ne tarderas pas à le découvrir. S'ils ont désapprouvé ces négociations, c'est tout simplement qu'ils les jugent inopportunes ; en d'autres circonstances ils seraient les premiers à les engager. Toi, tu en fais une affaire de principes.

HUGO

Qui a parlé de principes ?

HOEDERER

Tu n'en fais pas une affaire de principes ? Bon. Alors voici qui doit te convaincre : si nous traitons avec le Régent, il arrête la guerre ; les troupes illyriennes attendent gentiment que les Russes viennent les désarmer ; si nous rompons les pourparlers, il sait qu'il est perdu et il se battra comme un chien enragé ; des centaines de milliers d'hommes y laisseront leur peau. Qu'en dis-tu ? *(Un silence.)* Hein ? Qu'en dis-tu ? Peux-tu rayer cent mille hommes d'un trait de plume ?

HUGO, *péniblement.*

On ne fait pas la Révolution avec des fleurs. S'ils doivent y rester...

HOEDERER

Eh bien ?

HUGO

Eh bien, tant pis !

HOEDERER

Tu vois ! tu vois bien ! Tu n'aimes pas les hommes, Hugo. Tu n'aimes que les principes.

HUGO

Les hommes ? Pourquoi les aimerais-je ? Est-ce qu'ils m'aiment ?

HOEDERER

Alors pourquoi es-tu venu chez nous ? Si on n'aime pas les hommes on ne peut pas lutter pour eux.

HUGO

Je suis entré au Parti parce que sa cause est juste et j'en sortirai quand elle cessera de l'être. Quant aux hommes, ce n'est pas ce qu'ils sont qui m'intéresse mais ce qu'ils pourront devenir.

HOEDERER

Et moi, je les aime pour ce qu'ils sont. Avec toutes leurs saloperies et tous leurs vices. J'aime leurs voix et leurs mains chaudes qui prennent et leur peau, la plus nue de toutes les peaux, et leur regard inquiet et la lutte désespérée qu'ils mènent chacun à son tour contre la mort et contre l'angoisse. Pour moi, ça compte un homme de plus ou de moins dans le monde. C'est précieux. Toi, je te connais bien, mon petit, tu es un destructeur. Les hommes, tu les détestes parce que tu te détestes toi-même ; ta pureté ressemble à la mort et la Révolution dont tu rêves n'est pas la nôtre : tu ne veux pas changer le monde, tu veux le faire sauter.

HUGO, *s'est levé.*

Hoederer !

HOEDERER

Ce n'est pas ta faute : vous êtes tous pareils. Un intellectuel, ça n'est pas un vrai révolutionnaire ; c'est tout juste bon à faire un assassin.

HUGO

Un assassin. Oui !

JESSICA

Hugo !

Elle se met entre eux. Bruit de clef dans la serrure. La porte s'ouvre. Entrent Georges et Slick.

SCÈNE IV

LES MÊMES, SLICK et GEORGES

GEORGES
Te voilà. On te cherchait partout.

HUGO
Qui vous a donné ma clef?

SLICK
On a les clefs de toutes les portes. Dis : des gardes du corps!

GEORGES, *à Hoederer.*
Tu nous as flanqué la frousse. Il y a Slick qui se réveille : plus d'Hoederer. Tu devrais prévenir quand tu vas prendre le frais.

HOEDERER
Vous dormiez...

SLICK, *ahuri.*
Et alors. Depuis quand nous laisses-tu dormir quand tu as envie de nous réveiller?

HOEDERER, *riant.*
En effet, qu'est-ce qui m'a pris? *(Un temps.)* Je vais rentrer avec vous. A demain, petit. A neuf heures. On reparlera de tout ça. *(Hugo ne répond pas.)* Au revoir, Jessica.

JESSICA
A demain, Hoederer.

Ils sortent.

SCÈNE V

JESSICA, HUGO

Un long silence.

JESSICA

Alors ?

HUGO

Eh bien, tu étais là et tu as entendu.

JESSICA

Qu'est-ce que tu penses ?

HUGO

Que veux-tu que je pense ? Je t'avais bien dit qu'il
était chinois.

JESSICA

Hugo ! Il avait raison.

HUGO

Ma pauvre Jessica ! Qu'est-ce que tu peux en savoir ?

JESSICA

Et toi qu'en sais-tu ? Tu n'en menais pas large devant
lui.

HUGO

Parbleu ! Avec moi, il avait beau jeu. J'aurais voulu
qu'il ait affaire à Louis ; il ne s'en serait pas tiré si
facilement.

JESSICA

Peut-être qu'il l'aurait mis dans sa poche.

HUGO, *riant.*

Ha ! Louis ? Tu ne le connais pas : Louis ne peut pas se tromper.

JESSICA

Pourquoi ?

HUGO

Parce que. Parce que c'est Louis.

JESSICA

Hugo ! Tu parles contre ton cœur. Je t'ai regardé pendant que tu discutais avec Hoederer : il t'a convaincu.

HUGO

Il ne m'a pas convaincu. Personne ne peut me convaincre qu'on doit mentir aux camarades. Mais s'il m'avait convaincu, ce serait une raison de plus pour le descendre parce que ça prouverait qu'il en convaincra d'autres. Demain matin, je finirai le travail.

Rideau.

SIXIÈME TABLEAU

Le bureau de Hoederer

Les deux portants des fenêtres, arrachés, ont été rangés contre le mur, les éclats de verre ont été balayés, on a masqué la fenêtre par une couverture fixée avec des punaises, qui tombe jusqu'au sol.

SCÈNE PREMIÈRE

HOEDERER, puis JESSICA

Au début de la scène, Hoederer, debout devant le réchaud, se fait du café en fumant la pipe. On frappe et Slick passe la tête par l'entrebâillement de la porte.

SLICK

Il y a la petite qui veut vous voir.

HOEDERER

Non.

SLICK

Elle dit que c'est très important.

HOEDERER

Bon. Qu'elle entre. *(Jessica entre, Slick disparaît.)* Eh bien ? *(Elle se tait.)* Approche. *(Elle reste devant la porte avec tous ses cheveux dans la figure. Il va vers elle.)* Je suppose que tu as quelque chose à me dire ? *(Elle fait oui de la tête.)* Eh bien, dis-le et puis va-t'en.

JESSICA

Vous êtes toujours si pressé...

HOEDERER

Je travaille.

JESSICA

Vous ne travailliez pas : vous faisiez du café. Je peux en avoir une tasse ?

HOEDERER

Oui. *(Un temps.)* Alors ?

JESSICA

Il faut me laisser un peu de temps. C'est si difficile de vous parler. Vous attendez Hugo et il n'a même pas commencé à se raser.

HOEDERER

Bon. Tu as cinq minutes pour te reprendre. Et voilà du café.

JESSICA

Parlez-moi.

HOEDERER

Hein ?

JESSICA

Pour que je me reprenne. Parlez-moi.

HOEDERER

Je n'ai rien à te dire et je ne sais pas parler aux femmes.

JESSICA

Si. Très bien.

HOEDERER

Ah ?

Un temps.

JESSICA

Hier soir...

HOEDERER

Eh bien ?

JESSICA

J'ai trouvé que c'était vous qui aviez raison.

HOEDERER

Raison ? Ah ! *(Un temps.)* Je te remercie, tu m'encourages.

JESSICA

Vous vous moquez de moi.

HOEDERER

Oui.

Un temps.

JESSICA

Qu'est-ce qu'on ferait de moi, si j'entrais au Parti ?

HOEDERER

Il faudrait d'abord qu'on t'y laisse entrer.

JESSICA

Mais si on m'y laissait entrer, qu'est-ce qu'on ferait de moi ?

HOEDERER

Je me le demande. *(Un temps.)* C'est ça que tu es venue me dire ?

JESSICA

Non.

HOEDERER

Alors ? Qu'est-ce qu'il y a ? Tu t'es fâchée avec Hugo et tu veux t'en aller ?

JESSICA

Non. Ça vous ennuierait si je m'en allais ?

HOEDERER

Ça m'enchanterait. Je pourrais travailler tranquille.

JESSICA

Vous ne pensez pas ce que vous dites.

HOEDERER

Non ?

JESSICA

Non. *(Un temps.)* Hier soir quand vous êtes entré vous aviez l'air tellement seul.

HOEDERER

Et alors ?

JESSICA

C'est beau, un homme qui est seul.

HOEDERER

Si beau qu'on a tout de suite envie de lui tenir compagnie. Et du coup il cesse d'être seul : le monde est mal fait.

JESSICA

Oh ! avec moi, vous pourriez très bien rester seul. Je ne suis pas embarrassante.

HOEDERER

Avec toi ?

JESSICA

C'est une manière de parler. *(Un temps.)* Vous avez été marié ?

HOEDERER

Oui.

JESSICA

Avec une femme du Parti ?

HOEDERER

Non.

JESSICA

Vous disiez qu'il fallait toujours se marier avec des femmes du Parti.

HOEDERER

Justement.

JESSICA

Elle était belle ?

HOEDERER

Ça dépendait des jours et des opinions.

JESSICA

Et moi, est-ce que vous me trouvez belle ?

HOEDERER

Est-ce que tu te fous de moi ?

JESSICA, *riant.*

Oui.

HOEDERER

Les cinq minutes sont passées. Parle ou va-t'en.

JESSICA

Vous ne lui ferez pas de mal.

HOEDERER

A qui ?

JESSICA

A Hugo ! Vous avez de l'amitié pour lui, n'est-ce pas ?

HOEDERER

Ah ! pas de sentiment ! Il veut me tuer, hein ? C'est ça ton histoire ?

JESSICA

Ne lui faites pas de mal.

HOEDERER

Mais non, je ne lui ferai pas de mal.

JESSICA

Vous... vous le saviez?

HOEDERER

Depuis hier. Avec quoi veut-il me tuer?

JESSICA

Comment?

HOEDERER

Avec quelle arme? Grenade, revolver, hache d'abordage, sabre, poison?

JESSICA

Revolver.

HOEDERER

J'aime mieux ça.

JESSICA

Quand il viendra ce matin, il aura son revolver sur lui.

HOEDERER

Bon. Bon, bon. Pourquoi le trahis-tu? Tu lui en veux?

JESSICA

Non. Mais...

HOEDERER

Eh bien?

JESSICA

Il m'a demandé mon aide.

HOEDERER

Et c'est comme ça que tu t'y prends pour l'aider ? Tu m'étonnes.

JESSICA

Il n'a pas envie de vous tuer. Pas du tout. Il vous aime bien trop. Seulement il a des ordres. Il ne le dira pas mais je suis sûre qu'il sera content, au fond, qu'on l'empêche de les exécuter.

HOEDERER

C'est à voir.

JESSICA

Qu'est-ce que vous allez faire ?

HOEDERER

Je ne sais pas encore.

JESSICA

Faites-le désarmer tout doucement par Slick. Il n'a qu'un revolver. Si on le lui prend, c'est fini.

HOEDERER

Non. Ça l'humilierait. Il ne faut pas humilier les gens. Je lui parlerai.

JESSICA

Vous allez le laisser entrer avec son arme ?

HOEDERER

Pourquoi pas ? Je veux le convaincre. Il y a cinq minutes de risques, pas plus. S'il ne fait pas son coup ce matin, il ne le fera jamais.

JESSICA, *brusquement.*

Je ne veux pas qu'il vous tue.

HOEDERER

Ça t'embêterait si je me faisais descendre ?

JESSICA

Moi ? Ça m'enchanterait.

On frappe.

SLICK

C'est Hugo.

HOEDERER

Une seconde. *(Slick referme la porte.)* File par la fenêtre.

JESSICA

Je ne veux pas vous laisser.

HOEDERER

Si tu restes, c'est sûr qu'il tire. Devant toi il ne se dégonflera pas. Allez, ouste !

> *Elle sort par la fenêtre et la couverture retombe sur elle.*

Faites-le entrer.

SCÈNE II

HUGO, HOEDERER

Hugo entre. Hoederer va jusqu'à la porte et accompagne Hugo ensuite jusqu'à sa table. Il restera tout près de lui, observant ses gestes en lui parlant et prêt à lui saisir le poignet si Hugo voulait prendre son revolver.

HOEDERER

Alors ? Tu as bien dormi ?

HUGO

Comme ça.

HOEDERER

La gueule de bois ?

HUGO

Salement.

HOEDERER

Tu es bien décidé ?

HUGO, *sursautant.*

Décidé à quoi ?

HOEDERER

Tu m'avais dit hier soir que tu me quitterais si tu ne pouvais pas me faire changer d'avis.

HUGO

Je suis toujours décidé.

HOEDERER

Bon. Eh bien, nous verrons ça tout à l'heure. En attendant, travaillons. Assieds-toi. *(Hugo s'assied à sa table de travail.)* Où en étions-nous ?

HUGO, *lisant ses notes.*

« D'après les chiffres du recensement professionnel, le nombre des travailleurs agricoles est tombé de huit millions sept cent soixante et onze mille en 1906 à... »

HOEDERER

Dis donc : sais-tu que c'est une femme qui a lancé le pétard ?

HUGO

Une femme ?

HOEDERER

Slick a relevé des empreintes sur une plate-bande. Tu la connais ?

HUGO

Comment la connaîtrais-je ?

Un silence.

HOEDERER

C'est drôle, hein ?

HUGO

Très.

HOEDERER

Tu n'as pas l'air de trouver ça drôle. Qu'est-ce que tu as ?

HUGO

Je suis malade.

HOEDERER

Veux-tu que je te donne ta matinée ?

HUGO

Non. Travaillons.

HOEDERER

Alors, reprends cette phrase.

Hugo reprend ses notes et recommence à lire.

HUGO

« D'après les chiffres du recensement... »

Hoederer se mit à rire. Hugo lève la tête brusquement.

HOEDERER

Tu sais pourquoi elle nous a manqués ? Je parie qu'elle a lancé son pétard en fermant les yeux.

HUGO, *distraitement.*

Pourquoi ?

HOEDERER

A cause du bruit. Elles ferment les yeux pour ne pas entendre ; explique ça comme tu pourras. Elles ont toutes peur du bruit, ces souris, sans ça elles feraient des tueuses remarquables. Elles sont butées, tu comprends : elles reçoivent les idées toutes faites, alors elles y croient comme au Bon Dieu. Nous autres, ça nous est moins commode de tirer sur un bonhomme pour des questions de principes parce que c'est nous qui faisons les idées et que nous connaissons la cuisine : nous ne sommes jamais tout à fait sûrs d'avoir raison. Tu es sûr d'avoir raison, toi ?

HUGO

Sûr.

HOEDERER

De toute façon, tu ne pourrais pas faire un tueur. C'est une affaire de vocation.

HUGO

N'importe qui peut tuer si le Parti le commande.

HOEDERER

Si le Parti te commandait de danser sur une corde raide, tu crois que tu pourrais y arriver ? On est tueur de naissance. Toi, tu réfléchis trop : tu ne pourrais pas.

HUGO

Je pourrais si je l'avais décidé.

HOEDERER

Tu pourrais me descendre froidement d'une balle entre les deux yeux parce que je ne suis pas de ton avis sur la politique ?

HUGO

Oui, si je l'avais décidé ou si le Parti me l'avait commandé.

HOEDERER

Tu m'étonnes. *(Hugo va pour plonger la main dans sa poche mais Hoederer la lui saisit et l'élève légèrement au-dessus de la table.)* Suppose que cette main tienne une arme et que ce doigt-là soit posé sur la gâchette...

HUGO

Lâchez ma main.

HOEDERER, *sans le lâcher.*

Suppose que je sois devant toi, exactement comme je suis et que tu me vises...

HUGO

Lâchez-moi et travaillons.

HOEDERER

Tu me regardes et au moment de tirer, voilà que tu penses : « Si c'était lui qui avait raison ? » Tu te rends compte ?

HUGO

Je n'y penserais pas. Je ne penserais à rien d'autre qu'à tuer.

HOEDERER

Tu y penserais : un intellectuel, il faut que ça pense. Avant même de presser sur la gâchette tu aurais déjà vu toutes les conséquences possibles de ton acte : tout le travail d'une vie en ruine, une politique flanquée par terre, personne pour me remplacer, le Parti condamné peut-être à ne jamais prendre le pouvoir...

HUGO

Je vous dis que je n'y penserais pas !

HOEDERER

Tu ne pourrais pas t'en empêcher. Et ça vaudrait mieux parce que, tel que tu es fait, si tu n'y pensais pas *avant*, tu n'aurais pas trop de toute ta vie pour y penser *après. (Un temps.)* Quelle rage avez-vous tous de jouer aux tueurs ? Ce sont des types sans imagination : ça leur est égal de donner la mort parce qu'ils n'ont aucune idée de ce que c'est que la vie. Je préfère les gens qui ont peur de la mort des autres : c'est la preuve qu'ils savent vivre.

HUGO

Je ne suis pas fait pour vivre, je ne sais pas ce que c'est que la vie et je n'ai pas besoin de le savoir. Je suis de trop, je n'ai pas ma place et je gêne tout le monde ; personne ne m'aime, personne ne me fait confiance.

HOEDERER

Moi, je te fais confiance.

HUGO

Vous ?

HOEDERER

Bien sûr. Tu es un môme qui a de la peine à passer à l'âge d'homme mais tu feras un homme très acceptable si quelqu'un te facilite le passage. Si j'échappe à leurs pétards et à leurs bombes, je te garderai près de moi et je t'aiderai.

HUGO

Pourquoi me le dire ? Pourquoi me le dire aujourd'hui ?

HOEDERER, *le lâchant.*

Simplement pour te prouver qu'on ne peut pas buter un homme de sang-froid à moins d'être un spécialiste.

HUGO

Si je l'ai décidé, je dois pouvoir le faire. *(Comme à lui-même, avec une sorte de désespoir.)* Je *dois* pouvoir le faire.

HOEDERER

Tu pourrais me tuer pendant que je te regarde ! *(Ils se regardent. Hoederer se détache de la table et recule d'un pas.)* Les vrais tueurs ne soupçonnent même pas ce qui se passe dans les têtes. Toi, tu le sais : pourrais-tu supporter ce qui se passerait dans la mienne si je te voyais me viser ? *(Un temps. Il le regarde toujours.)* Veux-tu du café ? *(Hugo ne répond pas.)* Il est prêt : je vais t'en donner une tasse. *(Il tourne le dos à Hugo et verse du café dans une tasse. Hugo se lève et met la main dans la poche qui contient le revolver. On voit qu'il lutte contre lui-même. Au bout d'un moment, Hoederer se retourne et revient tranquillement vers Hugo en portant une tasse pleine. Il la lui tend.)* Prends. *(Hugo prend la tasse.)* A présent donne-moi ton revolver. Allons, donne-le : tu vois bien que je t'ai laissé ta chance et que tu n'en as pas profité. *(Il plonge la main dans la poche de Hugo et la ressort avec le revolver.)* Mais c'est un joujou !

Il va à son bureau et jette le revolver dessus.

HUGO

Je vous hais.

Hoederer revient vers lui.

HOEDERER

Mais non, tu ne me hais pas. Quelle raison aurais-tu de me haïr ?

HUGO

Vous me prenez pour un lâche.

HOEDERER

Pourquoi ? Tu ne sais pas tuer mais ça n'est pas une raison pour que tu ne saches pas mourir. Au contraire.

HUGO

J'avais le doigt sur la gâchette.

HOEDERER

Oui.

HUGO

Et je...

Geste d'impuissance.

HOEDERER

Oui. Je te l'ai dit : c'est plus dur qu'on ne pense.

HUGO

Je savais que vous me tourniez le dos exprès. C'est pour ça que...

HOEDERER

Oh! de toute façon...

HUGO

Je ne suis pas un traître!

HOEDERER

Qui te parle de ça? La trahison aussi, c'est une affaire de vocation.

HUGO

Eux, ils penseront que je suis un traître parce que je n'ai pas fait ce qu'ils m'avaient chargé de faire.

HOEDERER

Qui, eux? (*Silence.*) C'est Louis qui t'a envoyé? (*Silence.*) Tu ne veux rien dire : c'est régulier. (*Un temps.*) Écoute : ton sort est lié au mien. Depuis hier, j'ai des atouts dans mon jeu et je vais essayer de sauver nos deux peaux ensemble. Demain j'irai à la ville et je parlerai à Louis. Il est coriace mais je le suis aussi. Avec tes copains, ça s'arrangera. Le plus difficile, c'est de t'arranger avec toi-même.

HUGO

Difficile? Ça sera vite fait. Vous n'avez qu'à me rendre le revolver.

HOEDERER

Non.

HUGO

Qu'est-ce que ça peut vous faire que je me flanque une balle dans la peau. Je suis votre ennemi.

HOEDERER

D'abord, tu n'es pas mon ennemi. Et puis tu peux encore servir.

HUGO

Vous savez bien que je suis foutu.

HOEDERER

Que d'histoires! Tu as voulu te prouver que tu étais capable d'agir et tu as choisi les chemins difficiles: comme quand on veut mériter le ciel; c'est de ton âge. Tu n'as pas réussi: bon, et après? Il n'y a rien à prouver, tu sais, la Révolution n'est pas une question de mérite, mais d'efficacité; et il n'y a pas de ciel. Il y a du travail à faire, c'est tout. Et il faut faire celui pour lequel on est doué: tant mieux s'il est facile. Le meilleur travail n'est pas celui qui te coûtera le plus; c'est celui que tu réussiras le mieux.

HUGO

Je ne suis doué pour rien.

HOEDERER

Tu es doué pour écrire.

HUGO

Pour écrire! Des mots! Toujours des mots!

HOEDERER

Eh bien quoi? Il faut gagner. Mieux vaut un bon journaliste qu'un mauvais assassin.

HUGO, *hésitant mais avec une sorte de confiance.*

Hoederer! Quand vous aviez mon âge...

HOEDERER

Eh bien ?

HUGO

Qu'est-ce que vous auriez fait à ma place ?

HOEDERER

Moi ? J'aurais tiré. Mais ce n'est pas ce que j'aurais pu faire de mieux. Et puis nous ne sommes pas de la même espèce.

HUGO

Je voudrais être de la vôtre : on doit se sentir bien dans sa peau.

HOEDERER

Tu crois ? *(Un rire bref.)* Un jour, je te parlerai de moi.

HUGO

Un jour ? *(Un temps.)* Hoederer, j'ai manqué mon coup et je sais à présent que je ne pourrai jamais tirer sur vous parce que... parce que je tiens à vous. Mais il ne faut pas vous y tromper : sur ce que nous avons discuté hier soir je ne serai jamais d'accord avec vous, je ne serai jamais des vôtres et je ne veux pas que vous me défendiez. Ni demain ni un autre jour.

HOEDERER

Comme tu voudras.

HUGO

A présent, je vous demande la permission de vous quitter. Je veux réfléchir à toute cette histoire.

HOEDERER

Tu me jures que tu ne feras pas de bêtises avant de m'avoir revu ?

HUGO

Si vous voulez.

HOEDERER

Alors va. Va prendre l'air et reviens dès que tu pourras. Et n'oublie pas que tu es mon secrétaire. Tant que tu ne m'auras pas buté ou que je ne t'aurai pas congédié, tu travailleras pour moi.

Hugo sort.

HOEDERER, *va à la porte.*

Slick !

SLICK

Eh ?

HOEDERER

Le petit a des ennuis. Surveillez-le de loin et, si c'est nécessaire, empêchez-le de se flanquer en l'air. Mais doucement. Et s'il veut revenir ici, tout à l'heure, ne l'arrêtez pas au passage sous prétexte de l'annoncer. Qu'il aille et vienne comme ça lui chante : il ne faut surtout pas l'énerver.

Il referme la porte, retourne à la table qui supporte le réchaud et se verse une tasse de café. Jessica écarte la couverture qui dissimule la fenêtre et paraît.

SCÈNE III

JESSICA, HOEDERER

HOEDERER

C'est encore toi, poison ? Qu'est-ce que tu veux ?

JESSICA

J'étais assise sur le rebord de la fenêtre et j'ai tout entendu.

HOEDERER

Après ?

JESSICA

J'ai eu peur.

HOEDERER

Tu n'avais qu'à t'en aller.

JESSICA

Je ne pouvais pas vous laisser.

HOEDERER

Tu n'aurais pas été d'un grand secours.

JESSICA

Je sais. *(Un temps.)* J'aurais peut-être pu me jeter
devant vous et recevoir les balles à votre place.

HOEDERER

Que tu es romanesque !

JESSICA

Vous aussi.

HOEDERER

Quoi ?

JESSICA

Vous aussi, vous êtes romanesque : pour ne pas
l'humilier, vous avez risqué votre peau.

HOEDERER

Si on veut en connaître le prix, il faut la risquer de
temps en temps.

JESSICA

Vous lui proposiez votre aide et il ne voulait pas
l'accepter et vous ne vous découragiez pas et vous
aviez l'air de l'aimer.

HOEDERER

Après ?

JESSICA

Rien. C'était comme ça, voilà tout.

Ils se regardent.

HOEDERER

Va-t'en ! *(Elle ne bouge pas.)* Jessica, je n'ai pas
l'habitude de refuser ce qu'on m'offre et voilà six mois
que je n'ai pas touché à une femme. Il est encore temps
de t'en aller mais dans cinq minutes il sera trop tard.
Tu m'entends ? *(Elle ne bouge pas.)* Ce petit n'a que toi
au monde et il va au-devant des pires embêtements. Il
a besoin de quelqu'un qui lui rende courage.

JESSICA

Vous, vous pouvez lui rendre courage. Pas moi. Nous
ne nous faisons que du mal.

HOEDERER

Vous vous aimez.

JESSICA

Même pas. On se ressemble trop.

Un temps.

HOEDERER

Quand est-ce arrivé ?

JESSICA

Quoi ?

HOEDERER, *geste.*

Tout ça. Tout ça, dans ta tête ?

JESSICA

Je ne sais pas. Hier, je pense, quand vous m'avez
regardée et que vous aviez l'air d'être seul.

HOEDERER

Si j'avais su...

JESSICA

Vous ne seriez pas venu ?

HOEDERER

Je... *(Il la regarde et hausse les épaules. Un temps.)*
Mais Bon Dieu ! si tu as du vague à l'âme, Slick et Léon
sont là pour te distraire. Pourquoi m'as-tu choisi ?

JESSICA

Je n'ai pas de vague à l'âme et je n'ai choisi
personne. Je n'ai pas eu besoin de choisir.

HOEDERER

Tu m'embêtes. *(Un temps.)* Mais qu'attends-tu ? Je
n'ai pas le temps de m'occuper de toi ; tu ne veux
pourtant pas que je te renverse sur ce divan et que je
t'abandonne ensuite.

JESSICA

Décidez.

HOEDERER

Tu devrais pourtant savoir...

JESSICA

Je ne sais rien, je ne suis ni femme ni fille, j'ai vécu
dans un songe et quand on m'embrassait ça me
donnait envie de rire. A présent je suis là devant vous,
il me semble que je viens de me réveiller et que c'est le
matin. Vous êtes vrai. Un vrai homme de chair et d'os,
j'ai vraiment peur de vous et je crois que je vous aime
pour de vrai. Faites de moi ce que vous voudrez : quoi
qu'il arrive, je ne vous reprocherai rien.

HOEDERER

Ça te donne envie de rire quand on t'embrasse ?
(Jessica baissa la tête.) Hein ?

JESSICA

Oui.

HOEDERER

Alors, tu es froide ?

JESSICA

C'est ce qu'ils disent.

HOEDERER

Et toi, qu'en penses-tu ?

JESSICA

Je ne sais pas.

HOEDERER

Voyons. *(Il l'embrasse.)* Eh bien ?

JESSICA

Ça ne m'a pas donné envie de rire.

La porte s'ouvre, Hugo entre.

SCÈNE IV

HOEDERER, HUGO, JESSICA

HUGO

C'était donc ça ?

HOEDERER

Hugo...

HUGO

Ça va. *(Un temps.)* Voilà donc pourquoi vous m'avez épargné. Je me demandais : pourquoi ne m'a-t-il pas

fait abattre ou chasser par ses hommes. Je me disais :
ça n'est pas possible qu'il soit si fou ou si généreux.
Mais tout s'explique : c'était à cause de ma femme.
J'aime mieux ça.

JESSICA

Écoute...

HUGO

Laisse donc, Jessica, laisse tomber. Je ne t'en veux
pas et je ne suis pas jaloux ; nous ne nous aimions pas.
Mais lui, il a bien failli me prendre à son piège. « Je
t'aiderai, je te ferai passer à l'âge d'homme. » Que
j'étais bête. Il se foutait de moi.

HOEDERER

Hugo, veux-tu que je te donne ma parole que...

HUGO

Mais ne vous excusez pas. Je vous remercie au
contraire ; une fois au moins vous m'aurez donné le
plaisir de vous avoir déconcerté. Et puis... et puis... *(Il
bondit jusqu'au bureau, prend le revolver et le braque sur
Hoederer.)* Et puis vous m'avez délivré.

JESSICA, *criant.*

Hugo !

HUGO

Vous voyez, Hoederer, je vous regarde dans les yeux
et je vise et ma main ne tremble pas et je me fous de ce
que vous avez dans la tête.

HOEDERER

Attends, petit ! Ne fais pas de bêtises. Pas pour une
femme !

> *Hugo tire trois coups. Jessica se met à hurler.
> Slick et Georges entrent dans la pièce.*

HOEDERER

Imbécile. Tu as tout gâché.

SLICK

Salaud !

Il tire son revolver.

HOEDERER

Ne lui faites pas de mal. *(Il tombe dans un fauteuil.)* Il a tiré par jalousie.

SLICK

Qu'est-ce que ça veut dire ?

HOEDERER

Je couchais avec la petite. *(Un temps.)* Ah ! c'est trop con !

Il meurt.

Rideau.

SEPTIÈME TABLEAU

Dans la chambre d'Olga.

SCÈNE UNIQUE

*On entend d'abord leurs voix dans la nuit et puis la
lumière se fait peu à peu.*

OLGA

Est-ce que c'était vrai ? Est-ce que tu l'as vraiment
tué à cause de Jessica ?

HUGO

Je... je l'ai tué parce que j'avais ouvert la porte. C'est
tout ce que je sais. Si je n'avais pas ouvert cette porte...
Il était là, il tenait Jessica dans ses bras, il avait du
rouge à lèvres sur le menton. C'était trivial. Moi, je
vivais depuis longtemps dans la tragédie. C'est pour
sauver la tragédie que j'ai tiré.

OLGA

Est-ce que tu n'étais pas jaloux ?

HUGO

Jaloux ? Peut-être. Mais pas de Jessica.

OLGA

Regarde-moi et réponds-moi sincèrement, car ce que
je vais te demander a beaucoup d'importance. As-tu

l'orgueil de ton acte ? Est-ce que tu le revendiques ? Le referais-tu, s'il était à refaire ?

HUGO

Est-ce que je l'ai seulement fait ? Ce n'est pas moi qui ai tué, c'est le hasard. Si j'avais ouvert la porte deux minutes plus tôt ou deux minutes plus tard, je ne les aurais pas surpris dans les bras l'un de l'autre, je n'aurais pas tiré. *(Un temps.)* Je venais pour lui dire que j'acceptais son aide.

OLGA

Oui.

HUGO

Le hasard a tiré trois coups de feu, comme dans les mauvais romans policiers. Avec le hasard tu peux commencer les « si » : « *si* j'étais resté un peu plus longtemps devant les châtaigniers, *si* j'avais poussé jusqu'au bout du jardin, *si* j'étais rentré dans le pavillon... » Mais moi. *Moi*, là-dedans, qu'est-ce que je deviens ? C'est un assassinat sans assassin. *(Un temps.)* Souvent, dans la prison, je me demandais : qu'est-ce qu'Olga me dirait, si elle était ici ? Qu'est-ce qu'elle voudrait que je pense ?

OLGA, *sèchement.*

Et alors ?

HUGO

Oh ! Je sais très bien ce que tu m'aurais dit. Tu m'aurais dit : « Sois modeste, Hugo. Tes raisons, tes motifs, on s'en moque. Nous t'avions demandé de tuer cet homme et tu l'as tué. C'est le résultat qui compte. » Je... je ne suis pas modeste, Olga. Je n'arrivais pas à séparer le meurtre de ses motifs.

OLGA

J'aime mieux ça.

HUGO

Comment, tu aimes mieux ça ? C'est toi qui parles, Olga ? Toi qui m'as toujours dit...

OLGA

Je t'expliquerai. Quelle heure est-il ?

HUGO, *regardant son bracelet-montre.*

Minuit moins vingt.

OLGA

Bien. Nous avons le temps. Qu'est-ce que tu me disais ? Que tu ne comprenais pas ton acte.

HUGO

Je crois plutôt que je le comprends trop. C'est une boîte qu'ouvrent toutes les clefs. Tiens, je peux me dire tout aussi bien, si ça me chante, que j'ai tué par passion politique et que la fureur qui m'a pris, quand j'ai ouvert la porte, n'était que la petite secousse qui m'a facilité l'exécution.

OLGA, *le dévisageant avec inquiétude.*

Tu crois, Hugo ? Tu crois *vraiment* que tu as tiré pour de *bons* motifs ?

HUGO

Olga, je crois tout. J'en suis à me demander si je l'ai tué pour de vrai.

OLGA

Pour de vrai ?

HUGO

Si tout était une comédie ?

OLGA

Tu as vraiment appuyé sur la gâchette ?

HUGO

Oui. J'ai vraiment remué le doigt. Les acteurs aussi
remuent les doigts, sur les planches. Tiens, regarde : je
remue l'index, je te vise. *(Il la vise de la main droite,
l'index replié.)* C'est le même geste. Peut-être que ce
n'est pas moi qui étais vrai. Peut-être c'était seulement
la balle. Pourquoi souris-tu ?

OLGA

Parce que tu me facilites beaucoup les choses.

HUGO

Je me trouvais trop jeune ; j'ai voulu m'attacher un
crime au cou, comme une pierre. Et j'avais peur qu'il
ne soit lourd à supporter. Quelle erreur : il est léger,
horriblement léger. Il ne pèse pas. Regarde-moi : j'ai
vieilli, j'ai passé deux ans en taule, je me suis séparé de
Jessica et je mènerai cette drôle de vie perplexe,
jusqu'à ce que les copains se chargent de me libérer.
Tout ça vient de mon crime, non ? Et pourtant il ne
pèse pas, je ne le sens pas. Ni à mon cou, ni sur mes
épaules, ni dans mon cœur. Il est devenu mon destin,
comprends-tu, il gouverne ma vie du dehors mais je ne
peux ni le voir ni le toucher, il n'est pas à moi, c'est une
maladie mortelle qui tue sans faire souffrir. Où est-il ?
Existe-t-il ? J'ai tiré pourtant. La porte s'est ouverte...
J'aimais Hoederer, Olga. Je l'aimais plus que je n'ai
aimé personne au monde. J'aimais le voir et l'entendre,
j'aimais ses mains et son visage et, quand j'étais avec
lui, tous mes orages s'apaisaient. Ce n'est pas mon
crime qui me tue, c'est sa mort. *(Un temps.)* Enfin voilà.
Rien n'est arrivé. Rien. J'ai passé dix jours à la
campagne et deux ans en prison ; je n'ai pas changé ; je
suis toujours aussi bavard. Les assassins devraient
porter un signe distinctif. Un coquelicot à la bouton-
nière. *(Un temps.)* Bon. Alors ? Conclusion ?

OLGA

Tu vas rentrer au Parti.

HUGO

Bon.

OLGA

A minuit. Louis et Charles doivent revenir pour t'abattre. Je ne leur ouvrirai pas. Je leur dirai que tu es récupérable.

HUGO, *il rit.*

Récupérable! Quel drôle de mot. Ça se dit des ordures, n'est-ce pas?

OLGA

Tu es d'accord?

HUGO

Pourquoi pas?

OLGA

Demain tu recevras de nouvelles consignes.

HUGO

Bien.

OLGA

Ouf!

> *Elle se laisse tomber sur une chaise.*

HUGO

Qu'est-ce que tu as?

OLGA

Je suis contente. (*Un temps.*) Tu as parlé trois heures et j'ai eu peur tout le temps.

HUGO

Peur de quoi?

OLGA

De ce que je serais obligée de leur dire. Mais tout va bien. Tu reviendras parmi nous et tu vas faire du travail d'homme.

HUGO

Tu m'aideras comme autrefois ?

OLGA

Oui, Hugo. Je t'aiderai.

HUGO

Je t'aime bien, Olga. Tu es restée la même. Si pure, si nette. C'est toi qui m'a appris la pureté.

OLGA

J'ai vieilli ?

HUGO

Non.

Il lui prend la main.

OLGA

J'ai pensé à toi tous les jours.

HUGO

Dis, Olga !

OLGA

Eh bien ?

HUGO

Le colis, ce n'est pas toi ?

OLGA

Quel colis ?

HUGO

Les chocolats.

OLGA

Non. Ce n'est pas moi. Mais je savais qu'ils allaient l'envoyer.

HUGO

Et tu les as laissés faire ?

OLGA

Oui.

HUGO

Mais qu'est-ce que tu pensais en toi-même ?

OLGA, *montrant ses cheveux.*

Regarde.

HUGO

Qu'est-ce que c'est ? Des cheveux blancs ?

OLGA

Ils sont venus en une nuit. Tu ne me quitteras plus. Et s'il y a des coups durs, nous les supporterons ensemble.

HUGO, *souriant.*

Tu te rappelles : Raskolnikoff.

OLGA, *sursautant.*

Raskolnikoff ?

HUGO

C'est le nom que tu m'avais choisi pour la clandestinité. Oh ! Olga, tu ne te rappelles plus.

OLGA

Si. Je me rappelle.

HUGO

Je vais le reprendre.

OLGA

Non.

HUGO

Pourquoi ? Je l'aimais bien. Tu disais qu'il m'allait comme un gant.

OLGA

Tu es trop connu sous ce nom-là.

HUGO

Connu ? Par qui ?

OLGA, *soudain lasse.*

Quelle heure est-il ?

HUGO

Moins cinq.

OLGA

Écoute, Hugo. Et ne m'interromps pas. J'ai encore quelque chose à te dire. Presque rien. Il ne faut pas y attacher d'importance. Tu... tu seras étonné d'abord mais tu comprendras peu à peu.

HUGO

Oui ?

OLGA

Je... je suis heureuse de ce que tu m'as dit, à propos de ton... de ton acte. Si tu en avais été fier ou simplement satisfait, ça t'aurait été plus difficile.

HUGO

Difficile ? Difficile de quoi faire ?

OLGA

De l'oublier.

HUGO

De l'oublier ? Mais, Olga...

OLGA

Hugo ! Il faut que tu l'oublies. Je ne te demande pas grand-chose ; tu l'as dit toi-même : tu ne sais ni ce que tu as fait ni pourquoi tu l'as fait. Tu n'es même pas sûr d'avoir tué Hoederer. Eh bien, tu es dans le bon chemin ; il faut aller plus loin, voilà tout. Oublie-le ; c'était un cauchemar. N'en parle plus jamais ; même à moi. Ce type qui a tué Hoederer est mort. Il s'appelait Raskolnikoff ; il a été empoisonné par des chocolats aux liqueurs. *(Elle lui caresse les cheveux.)* Je te choisirai un autre nom.

HUGO

Qu'est-ce qui est arrivé, Olga ? Qu'est-ce que vous avez fait ?

OLGA

Le parti a changé sa politique. *(Hugo la regarde fixement.)* Ne me regarde pas comme ça. Essaie de comprendre. Quand nous t'avons envoyé chez Hoederer, les communications avec l'U.R.S.S. étaient interrompues. Nous devions choisir seuls notre ligne. Ne me regarde pas comme ça, Hugo ! Ne me regarde pas comme ça.

HUGO

Après ?

OLGA

Depuis, les liaisons sont rétablies. L'hiver dernier l'U.R.S.S. nous a fait savoir qu'elle souhaitait, pour des raisons purement militaires, que nous nous rapprochions du Régent.

HUGO

Et vous... vous avez obéi ?

OLGA

Oui. Nous avons constitué un comité clandestin de six membres avec les gens du gouvernement et ceux du Pentagone.

HUGO

Six membres. Et vous avez trois voix?

OLGA

Oui. Comment le sais-tu?

HUGO

Une idée. Continue.

OLGA

Depuis ce moment les troupes ne se sont pratiquement plus mêlées des opérations. Nous avons peut-être économisé cent mille vies humaines. Seulement, du coup, les Allemands ont envahi le pays.

HUGO

Parfait. Je suppose que les Soviets vous ont aussi fait entendre qu'ils ne souhaitaient pas donner le pouvoir au seul Parti Prolétarien; qu'ils auraient des ennuis avec les Alliés et que, d'ailleurs, vous seriez rapidement balayés par une insurrection?

OLGA

Mais...

HUGO

Il me semble que j'ai déjà entendu tout cela. Alors, Hoederer?

OLGA

Sa tentative était prématurée et il n'était pas l'homme qui convenait pour mener cette politique.

HUGO

Il fallait donc le tuer: c'est lumineux. Mais je suppose que vous avez réhabilité sa mémoire?

OLGA

Il fallait bien.

HUGO

Il aura sa statue à la fin de la guerre, il aura des rues dans toutes nos villes et son nom dans les livres d'histoire. Ça me fait plaisir pour lui. Son assassin, qui est-ce que c'était ? Un type aux gages de l'Allemagne ?

OLGA

Hugo...

HUGO

Réponds.

OLGA

Les camarades savaient que tu étais de chez nous. Ils n'ont jamais cru au crime passionnel. Alors on leur a expliqué... ce qu'on a pu.

HUGO

Vous avez menti aux camarades.

OLGA

Menti, non. Mais nous... nous sommes en guerre, Hugo. On ne peut pas dire toute la vérité aux troupes.

Hugo éclate de rire.

OLGA

Qu'est-ce que tu as ? Hugo ! Hugo !

Hugo se laisse tomber dans un fauteuil en riant aux larmes.

HUGO

Tout ce qu'il disait ! Tout ce qu'il disait ! C'est une farce.

OLGA

Hugo !

HUGO

Attends, Olga, laisse-moi rire. Il y a dix ans que je n'ai pas ri aussi fort. Voilà un crime embarrassant :

personne n'en veut. Je ne sais pas pourquoi je l'ai fait et vous ne savez qu'en faire. *(Il la regarde.)* Vous êtes pareils.

OLGA

Hugo, je t'en prie...

HUGO

Pareils. Hoederer, Louis, toi, vous êtes de la même espèce. De la *bonne* espèce. Celle des durs, des conquérants, des chefs. Il n'y a que moi qui me suis trompé de porte.

OLGA

Hugo, tu aimais Hoederer.

HUGO

Je crois que je ne l'ai jamais tant aimé qu'à cette minute.

OLGA

Alors il faut nous aider à poursuivre son œuvre. *(Il la regarde. Elle recule.)* Hugo !

HUGO, *doucement.*

N'aie pas peur, Olga. Je ne te ferai pas de mal. Seulement il faut te taire. Une minute, juste une minute pour que je mette mes idées en ordre. Bon. Alors, moi, je suis récupérable. Parfait. Mais tout seul, tout nu, sans bagages. A la condition de changer de peau — et si je pouvais devenir amnésique, ça serait encore mieux. Le crime, on ne le récupère pas, hein ? C'était une erreur sans importance. On le laisse où il est, dans la poubelle. Quant à moi, je change de nom dès demain, je m'appellerai Julien Sorel ou Rastignac ou Muichkine et je travaillerai la main dans la main avec les types du Pentagone.

OLGA

Je vais...

HUGO

Tais-toi, Olga. Je t'en supplie, ne dis pas un mot. *(Il réfléchit un moment.)* C'est non.

OLGA

Quoi ?

HUGO

C'est non. Je ne travaillerai pas avec vous.

OLGA

Hugo, tu n'as donc pas compris ? Ils vont venir avec leurs revolvers...

HUGO

Je sais. Ils sont même en retard.

OLGA

Tu ne vas pas te laisser tuer comme un chien. Tu ne vas pas accepter de mourir pour rien ! Nous te ferons confiance, Hugo. Tu verras, tu seras pour de bon notre camarade, tu as fait tes preuves...

Une auto. Bruit de moteur.

HUGO

Les voilà.

OLGA

Hugo, ce serait criminel ! Le Parti...

HUGO

Pas de grands mots, Olga. Il y a eu trop de grands mots dans cette histoire et ils ont fait beaucoup de mal. *(L'auto passe.)* Ce n'est pas leur voiture. J'ai le temps de t'expliquer. Écoute : Je ne sais pas pourquoi j'ai tué Hoederer mais je sais pourquoi j'aurais dû le tuer : parce qu'il faisait de mauvaise politique, parce qu'il mentait à ses camarades et parce qu'il risquait de pourrir le Parti. Si j'avais eu le courage de tirer quand j'étais seul avec lui dans le bureau, il serait mort à cause de cela et je pourrais penser à moi sans honte. J'ai honte de moi parce que je l'ai tué... après. Et vous, vous me demandez d'avoir encore plus honte et de décider que je l'ai tué pour rien. Olga, ce que je pensais sur la politique d'Hoederer je continue à le penser. Quand j'étais en prison, je croyais que vous étiez d'accord avec moi et ça me soutenait ; je sais à présent que je suis seul de mon opinion mais je ne changerai pas d'avis.

Bruit de moteur.

OLGA

Cette fois les voilà. Écoute, je ne peux pas... prends ce revolver, sors par la porte de ma chambre et tente ta chance.

HUGO, *sans prendre le revolver.*

Vous avez fait d'Hoederer un grand homme. Mais je l'ai aimé plus que vous ne l'aimerez jamais. Si je reniais mon acte, il deviendrait un cadavre anonyme, un déchet du Parti. (*L'auto s'arrête.*) Tué par hasard. Tué pour une femme.

OLGA

Va-t'en.

HUGO

Un type comme Hoederer ne meurt pas par hasard. Il meurt pour ses idées, pour sa politique ; il est responsable de sa mort. Si je revendique mon crime devant tous, si je réclame mon nom de Raskolnikoff et si j'accepte de payer le prix qu'il faut, alors il aura eu la mort qui lui convient.

On frappe à la porte.

OLGA

Hugo, je...

HUGO, *marchant vers la porte.*

Je n'ai pas encore tué Hoederer, Olga. Pas encore.
C'est à présent que je vais le tuer et moi avec.

> *On frappe de nouveau.*

OLGA, *criant.*

Allez-vous-en ! Allez-vous-en !

> *Hugo ouvre la porte d'un coup de pied.*

HUGO, *il crie.*

Non récupérable.

Rideau.

DU MÊME AUTEUR

Aux Éditions Gallimard

Romans

LA NAUSÉE (Folio).

LES CHEMINS DE LA LIBERTÉ, I : L'ÂGE DE RAISON (Folio).

LES CHEMINS DE LA LIBERTÉ, II : LE SURSIS (Folio).

LES CHEMINS DE LA LIBERTÉ, III : LA MORT DANS L'ÂME (Folio).

ŒUVRES ROMANESQUES (Bibliothèque de la Pléiade).

Nouvelles

LE MUR (*Le mur – La chambre – Érostrate – Intimité – L'enfance d'un chef*) (Folio).

Théâtre

THÉÂTRE, I : *Les mouches – Huis clos – Morts sans sépulture – La putain respectueuse.*

LES MAINS SALES (Folio).

LE DIABLE ET LE BON DIEU (Folio).

KEAN, d'après Alexandre Dumas.

NEKRASSOV (Folio).

LES SÉQUESTRÉS D'ALTONA (Folio).

LES TROYENNES, d'après Euripide.

Littérature

SITUATIONS, I, II, III, IV, V, VI, VII, VIII, IX, X.

BAUDELAIRE (Folio Essais).

CRITIQUES LITTÉRAIRES (Folio Essais).

QU'EST-CE QUE LA LITTÉRATURE ? (Folio Essais).

SAINT GENET, COMÉDIEN ET MARTYR (Les Œuvres complètes de Jean Genet, tome I).

LES MOTS (Folio).

LES ÉCRITS DE SARTRE, de Michel Contat et Michel Rybalka.

L'IDIOT DE LA FAMILLE, *Gustave Flaubert de 1821 à 1857*, I, II et III *(nouvelle édition revue et augmentée)*.

PLAIDOYER POUR LES INTELLECTUELS.

UN THÉÂTRE DE SITUATIONS (Folio Essais).

CARNETS DE LA DRÔLE DE GUERRE (septembre 1939-mars 1940).

LETTRES AU CASTOR et à quelques autres :
  I. 1926-1939.
  II. 1940-1963.

MALLARMÉ, *La lucidité et sa face d'ombre*.

ÉCRITS DE JEUNESSE.

LA REINE ALBEMARLE OU LE DERNIER TOURISTE.

Philosophie

L'IMAGINAIRE, *Psychologie phénoménologique de l'imagination* (Folio Essais).

L'ÊTRE ET LE NÉANT, *Essai d'ontologie phénoménologique*.

L'EXISTENTIALISME EST UN HUMANISME (Folio Essais).

CAHIERS POUR UNE MORALE.

CRITIQUE DE LA RAISON DIALECTIQUE (*précédé de* QUESTIONS DE MÉTHODE), I : *Théorie des ensembles pratiques.*

CRITIQUE DE LA RAISON DIALECTIQUE, II : *L'intelligibilité de l'Histoire.*

QUESTIONS DE MÉTHODE (collection « Tel »).

VÉRITÉ ET EXISTENCE.

SITUATIONS PHILOSOPHIQUES (collection « Tel »).

Essais politiques

RÉFLEXIONS SUR LA QUESTION JUIVE (Folio Essais).

ENTRETIENS SUR LA POLITIQUE, avec David Rousset et Gérard Rosenthal.

L'AFFAIRE HENRI MARTIN, textes commentés par Jean-Paul Sartre.

ON A RAISON DE SE RÉVOLTER, avec Philippe Gavi et Pierre Victor.

Scénarios

L'ENGRENAGE (Folio).

LE SCÉNARIO FREUD.

SARTRE, *un film réalisé par Alexandre Astruc et Michel Contat.*

LES JEUX SONT FAITS (Folio).

Entretiens

Entretiens avec Simone de Beauvoir, *in* LA CÉRÉMONIE DES ADIEUX de Simone de Beauvoir.

Iconographie

SARTRE, IMAGES D'UNE VIE, album préparé par L. Sendyk-Siegel, commentaire de Simone de Beauvoir.

ALBUM SARTRE. Iconographie choisie et commentée par Annie Cohen-Solal.